FUSIL

MURIEL
ROCHE

Fusil

Il y aura des matins et des nuits.
Il y aura la couronne des balles dans les mains du jeune homme au couteau. Et cette fille avec son camion au-devant de la vallée, du village. Qui défie les saisons avec les autres saisonniers.
Il y aura la forêt, la rivière, l'arbre.
Il y aura ce que chacun fabrique en ce monde. Des chasseurs et parmi eux, cet homme avec une énorme bouche calme. Des chiens de rouge, un chien perdu, des fusées. La traque du bel animal, son linceul, son âme.
Il y aura Nell et Sam.

Sur les traces, juste avant l'aube du premier jour

Il tire et ça fait un tourbillon de paille et les oiseaux s'en vont. Puis, il s'approche du buisson et il voit ses pattes qui bougent encore, alors que son œil est mort. Il voit son âme prise dans les ronces et son propre pardon, fugace, et des restes de plomb. La traque n'a pas duré longtemps. Il s'approche encore, il se baisse et bon sang, c'est un effort pour lui. L'animal ressemble à un sac tombé d'un arbre. Il reste sur le qui-vive comme si cette dépouille à l'ombre du buisson pouvait lui procurer un de ces haut-le-cœur qui naît dans le ventre quand quelque chose qui ne devait pas bouger, bouge. Quand quelque chose qui ne devait pas se décrocher se décroche. Si mal de ce mal à le toucher. Il sent que dans ce ventre-là quelque chose s'en est allé, s'est écorché aux ronces, est monté dans les cieux en se blessant une dernière fois au sommet de l'arbre.

Être forcé de s'arrêter sur la balle ou plutôt le trou et le sang. D'un geste hâtif, le couteau de chasse qui coupe aux articulations, la peau qui se décolle et la force qu'il lui faut encore pour saisir les pattes arrières et tirer, tirer, sentir céder et d'un côté la peau, et de l'autre l'animal. Il tranche et les morceaux sont si transparents qu'il voit les veines et le noyau sombre du cœur. Comme à travers le drap tombant et lumineux du soleil, des poussières qui s'éteindraient avant même d'avoir touché le sol. Le vider. Sa gourde pour nettoyer ce qui est devenu de la viande et ses doigts qui tremblent. Tout ce qu'il a voulu, c'est que ça aille vite. Agir proprement. Chair à nue, il l'enfouit dans le sac et il lèche le couteau. C'est un truc qu'il fait, lécher le couteau.

Il est décidé à rentrer, mais ses yeux sont attirés là où la forêt gagne les contreforts. Montée raide, lièvre dans le dos, quelque chose de chaud coule entre ses reins. La rivière et les dernières habitations sont à plus de cinq kilomètres. Il a gravi les collines en partant de la maison de son grand-père. On y accède en prenant une petite route qui serpente au-dessus du village. Il s'est enfoncé dans les buissons, il a fait demi-tour, car le bois devenait trop touffu. Il a trouvé un nouveau passage en lisière et a marché en zigzag entre les arbres. Il se fatigue depuis plusieurs heures déjà, mais c'est à croire qu'il n'en a pas assez. Front baissé pour éviter les branches, il s'aide d'une main pour s'en dégager alors que l'autre s'accroche à la bride de son fusil sans jamais la lâcher. La pente s'adoucit, les arbres s'écartent, laissant filtrer le jour. Le visage de cet homme qui n'a même pas vingt ans passe dans la lumière. Des yeux clairs et des lunettes à la monture de fer, une barbe de deux jours et les cheveux ras. Une fois dans la clairière, il écarte les bras et ne bouge plus. Si quelqu'un l'observait des rochers qui se trouvent plus haut, il verrait le seul arbre debout au milieu du cercle. Fusil pointé vers les nuages. Il grimpe encore et le voilà face à une drôle de sorcellerie. Quelqu'un a noué des rubans de couleur à l'extrémité des branches. Des bouts de bois taillés et posés au sol dessinent une espèce de soleil. C'est quoi ce piège ? Ça le remue de penser que quelqu'un est passé par ici avant lui. Il cherche les traces qu'aurait pu laisser le visiteur nocturne. Des feuilles retournées, des brindilles cassées qui lui donneraient une idée de sa stature et de sa corpulence. Mais, il ne découvre rien alentour. Il pose son fusil contre un tronc et il saisit son couteau. Il coupe les rubans et creuse un trou avec ses mains pour les enterrer. Comme il l'a fait pour le cœur et la peau du lièvre. Il prend un rayon du soleil qu'il trouve joli et costaud et qui pourra l'aider dans la montée. Il fout un coup de pied dans le soleil qui reste.

Comment il passe de la forêt aux rochers

J'arrive aux rochers, je cherche la lune, parce que parfois la lune s'attarde. Je m'assois à la manière d'un Peau-Rouge bercé par ses incantations pour trouver le calme. Mais au fond, je sens que je suis nerveux à cause des rubans ou à cause de la lune qui se cache. Si j'avais ma musique, je mettrais ma musique. Il me semble que grâce à elle, je pourrais retrouver cette chose facile et sans embrouilles qui m'habitait quand j'ai marché pendant la traque. Je ne pensais à rien d'autre qu'à trouver la bonne distance entre mes deux jambes, l'appui le plus sûr dans la terre molle pour ne pas faire de bruit. Maintenant, je vogue entre les motifs ombrés de la nuit, mais toujours pas de lune. Je pense à d'autres nuits. Quand je me réveille parce que je sens que le poêle s'est éteint. Avec une couverture sur le dos, je rejoins la fenêtre. Je la laisse grande ouverte, été comme hiver. C'est par là que s'écoulent mes rêves moites. Le plancher de ma chambre est aussi froid que la pierre. Je regarde les nuages et j'attends qu'il y en ait un qui passe le sommet sans s'écraser sur le flanc de la montagne. Si par hasard. Quand j'en ai assez de me geler les orteils, je descends souffler sur les braises, des fois qu'elles reprennent.

Elle. Les bois entourent le camion. Le jeune homme ne peut pas la voir d'où il est. Le jour se lève au croisement des sentiers

On dirait un fragment de banquise. Cette lumière qui vient de la lucarne. Matin glacial. Camion à l'arrêt. Les breloques qui ont tant remué pendant le voyage ont cessé de tinter. Hier soir, j'ai quitté mon appartement. Résolue à partir pour une deuxième saison et à fêter mes vingt ans dans les montagnes. Jauge pleine. Une couverture pour le chien. J'ai allumé les phares dans la rue sombre et déserte.

J'ai pris les grandes artères qui éloignent des villes, les autoroutes baignées de nappes orange. Sans rien voir au-delà que des paysages sans odeurs. J'ai flotté parmi des monstres dociles qui tiraient des cubes vides. J'ai suivi la même ligne qu'eux. J'ai vu des berlines suspendues dans le ciel, des lettres bleues qui tombaient sur le talus, des cabines vides qui me dépassaient. Je me suis demandé où étaient les gens. Leurs désirs. Leurs peines. Où se trouvait l'ocre de la terre. Et puis, un fleuve, de la fumée qui sortait de l'eau. C'était étrange, presque beau. La nuit me donnait l'illusion qu'il n'y avait plus d'obstacles, mais un vaste nulle part. Les mains sur le volant. Pousser le camion malgré le risque qu'il me laisse en rade. En finir avec cette longue insomnie.

Vers quatre heures, je me suis arrêtée. Il me restait encore au moins deux cents kilomètres à parcourir et j'avais besoin de forces. Quelques personnes faisaient la queue devant le distributeur de boissons. Gestes alanguis. Voix feutrées. Chocolat XL. Je me suis dirigée vers les toilettes et j'ai donné à boire à Cosmo dans le creux de mes mains. On s'est regardés tous les deux dans le reflet de la glace. Dans la lumière crue. Pas vraiment chez nous. J'ai mangé un pain au chocolat sans aucun goût. Des filles, qui s'étaient levées bien avant que le monde se maquille de snacks et de fauteuils couleur anis, sortaient les poubelles. L'une d'elles est passée devant moi avec son balai. Elle a poussé la porte pour fumer une cigarette. Dans son dos, était écrit *Take Time for yourself*.

Aux premières lueurs, les monstres dociles ont pris des contours acérés. Leurs bâches battaient l'air comme pour se débarrasser. Moi aussi, je voulais me débarrasser. Ils ronflaient et vibraient en tirant leurs remorques. Leurs fumées épaisses couvraient les champs. Des vaches immobiles nous regardaient passer. Tout ce temps, je me disais : je sais où je vais. Où je vais, d'autres vont aussi. Tout ce temps, mon chien s'est tenu blotti contre ma cuisse. Maintenant, Cosmo dort à mes pieds. Il dresse les oreilles dans son demi-sommeil. Une buse ou un épervier vient de pousser un cri dans le jour qui se lève.

Elle, la clairière

Nell tourne sa tête. Sa joue éprouve la glace du matelas. La sensation s'estompe, la chaleur de son propre corps lui revient. Elle regarde le poêle éteint. La lucarne, la banquise, ce mur qu'elle doit franchir pour entrer dans son matin. À cause des trous sur la route, les bougies, les bocaux, les sachets de thé, les allumettes et le tabac ont quitté les tiroirs et les étagères. La plante verte, placée dans une caisse en bois clouée contre la porte, n'a heureusement pas bougé. Au début, elle a du mal à sortir de son château glacé. À respirer l'air brut des hauteurs et les premiers assauts de cette saison incertaine. Il fait drôlement froid. Drôlement beau. Quelques mèches plus ou moins longues lui retombent au coin des yeux et se dressent comme des oreilles sortant de sa capuche. Sur le sentier couvert de gravillons, son ombre sautillante est celle d'un petit diable.

Ici, la route devient chemin de terre. Il y a des troncs coupés, de l'herbe sèche entre les souches. Des oiseaux font le va-et-vient entre le sol et les arbres. Ceux-là ne gèleront pas sur place. La lisière forme un paravent dense et humide. Il suffirait de passer cette porte pour que plus rien ne lui soit familier. Pour découvrir l'abri de cet animal pas tout à fait loup, pas tout à fait libellule. Des ailes brodées, mais incapable de voler. La dégaine un peu menaçante, efflanquée, des poils se dressant au moindre bruit le long de sa colonne vertébrale. Nell marche avec énergie, elle sourit sans autre raison que d'être là. Plus haut, une immense tenture se dresse devant elle. Des prairies rases à la verticale. Des langues de vieille neige. Trois pics de carte postale aux pentes raides. Si elle lève encore la tête, un ciel qu'elle n'aurait jamais cru si grand.

Avec le bout de sa chaussure, elle retourne une pierre qui s'avère trop plate pour caler son camion. Une bestiole grise et nue qui devait dormir là-dessous déplie son abdomen et se tourne de l'autre côté. Nell l'observe un moment sans oser poser son doigt sur ce corps mou. Elle retient Cosmo qui s'approche un peu trop près de la bestiole. Elle s'applique à replacer la pierre doucement, à la même place. Elle fait encore quelques pas, puis elle en trouve une autre, bien plus lourde et grosse. Celle-ci fera l'affaire. C'est tout un savoir de trouver la bonne pierre pour caler, un savoir proche de celui du marin qui s'arrime, car il connaît les flux et les reflux de l'océan. Comme lui, elle a besoin de quelque chose de stable, un bivouac qui ne s'envole pas au premier coup de vent.

Dans la clairière, elle ouvre son cœur et sa poitrine en respirant profondément. Elle pense à la bestiole coincée sous sa grosse

pierre. Son ambition à elle sera de conquérir le plus d'espace possible pour ses mains, ses pas de danse. Elle sent la neige à travers les arbres et dans l'odeur qu'en a gardée la terre. Elle a envie de se réveiller entourée de ses amis. Julie et Théo. Musiciens. Des bras de fer interminables, et si je t'aime prends garde à toi ! Théo et Julie. Le désordre après la bataille. Les larmes et la fièvre. La mélancolie et la peine. Une note s'accordant à l'autre et la paix revenue entre eux. Alex. Mécanicien dans la station. Lui connaît les étoiles et aussi les pièges et comment fabriquer une attelle, comment siffler avec une herbe. Valentine, butée, coriace, fragile. Elle avait réussi à faire pousser des tomates cerises et des aromates dans la serre qu'elle avait aménagée sur le toit de son camion.
– Qu'est-ce que tu dis de ça, Nell ? lui avait dit Valentine en lui offrant un bouquet de basilic.
Elle s'occupait chaque jour de son potager suspendu. Monter de la terre, arroser, redresser les tuteurs des tomates qui commençaient à ployer sous leur poids. Même si les premières feuilles séchaient et se déta-

chaient dans les bois et que le froid de la nuit et des matins se faisait de plus en plus sentir, le paysage se transformait avec douceur. L'automne restait discret. Les tomates rosissaient. Valentine y croyait. Les autres l'encourageaient. Ensemble. Repoussant la saison qui se dénude au profit du vent et du gel.

Maintenant, Nell doit trouver du bois. C'est le boulot des sentinelles et elle se voit bien faire sentinelle. Alors que Cosmo est retourné dans le camion et qu'elle marche aux abords de la forêt les bras chargés de branches, elle imagine la transhumance de ses amis jusqu'à ce premier campement où elle vient de passer la nuit. Débarqués, malvenus, ils se garent en dehors du centre, attachent leurs chiens aux essieux des camions. Le contour froissé de leurs yeux s'est voilé de charbon à force d'avoir roulé dans l'obscurité. Ils repèrent le supermarché, les poubelles, qu'ils iront piller à la nuit tombée. Avec un peu de chance, trouver une luge, du fil pour fabriquer les attrape-rêves, de la nourriture qu'on vide après la fermeture par chariots entiers. Avec un peu de chance, des pièces qui brillent dans leurs mains sales. Ils ne restent jamais plus d'une nuit dans les villages. Ils remplissent les bidons d'eau et de gasoil. Ils libèrent leurs chiens et les chiens se désolent de devoir remonter dans les camions. Ils poursuivent la route, se calent sur le parking des camping-cars et quand les touristes sont trop nombreux, ils bifurquent vers une vallée déserte. Ils disparaissent.

Elle fait encore quelques pas sur le sentier et trouve une branche morte. Son épine lui dessine un trait perlé de rouge dans le creux de la main. D'une caresse, elle apprivoise ce premier signe de la forêt.

Lui. Les cimes sortent de la pénombre malgré un ciel où des nuages lourds ont pris place

Je quitte les rochers. Je marche et je marche et je pense aux rubans et à ce soleil sur le sol. J'ai beau chercher, je ne comprends rien à cette mise en scène. C'est comme un voile qu'on m'aurait posé devant les yeux pour me dissimuler un trésor. À nouveau, les arbres m'entourent. Les arbres imposent leurs ombres de géants. Comme dans cette histoire où Hansel et Gretel se perdent. Un truc qu'on raconte aux enfants. Avec une sorcière qui les attend. J'ai froid, le lièvre est froid, son sang me colle. Mon fusil tire sur mon épaule. Alors, plutôt que de faire le chemin dans le sens inverse et rentrer à la maison par la forêt, je coupe par les champs. Au bout du sentier, je me débarrasse du bâton et j'efface mes traces avec mes brodequins. Hansel et Gretel n'ont qu'à se démerder.

À la lisière de la forêt, le vent s'engouffre

L'air s'est délié des bois sourds et humides pour basculer dans la vallée. Sous les prés, il y a la route qui mène au village. Un peu plus bas, la maison du grand-père. Avec cet appel du ciel qui s'est largement dégagé, Sam a presque envie de s'élancer. Mais il se dit qu'il va effrayer les bêtes. D'ailleurs, où sont-elles ? Peut-être vers la clôture qui longe la route. Ou bien sous les arbres. C'est là qu'elles vont quand elles sentent la pluie. Il se couche dans l'herbe, elle lui coupe la langue. Il grimace et quand il ouvre les yeux, un masque à la langue râpeuse l'observe. Par réflexe, il fait un mouvement sur le côté. Il se recouche et tend la main vers le souffle des naseaux. Là, doucement. La bête recule et s'éloigne. Il entend alors la voix du Peau-Rouge... *À défaut de la lune, tu auras vu une vache*. Et puis, il entend le chien. Il entend le chien et, alors, tout s'éclaire. Ils sont arrivés par le col et l'un d'eux ou même plusieurs, sont descendus à pied. Mais sans le chien. C'est pour ça qu'il n'a rien perçu de la maison. Ils n'ont pas perdu de temps, ils ont même un temps d'avance sur lui et quelque chose s'entortille dans sa gorge quand il en prend conscience. Ils n'ont même pas poussé jusqu'à la rivière, car sinon, les couronnes des saules se seraient agitées. Le bruit de leurs pas sur les galets les aurait trahis. Ils se sont dirigés tout droit au cœur de la forêt. Pour accrocher des rubans aux arbres ? Ses pensées s'aiguisent et s'agrippent à une crainte. Il déteste cette crainte. Passer de la crainte à la haine va si vite. Une vraie tyrannie. Son oreille s'aiguise elle aussi. Comme pendant la traque, comme pour une survie. Du regard, il suit la clôture qui court jusqu'à la route et son territoire intérieur se rétrécit.

À un endroit, il y a le passage et il arrive qu'on le laisse ouvert. Mais les vaches ne s'en rendent pas compte ou elles n'osent pas sortir. Il perçoit le battement régulier du transformateur qui envoie l'électricité dans la clôture. Sa langue le cuit. Il entend la pompe de son cœur. Et le chien. Il se lève. Crache du sang. La vache est devant le bassin, immobile. Il la rejoint et aperçoit une grenouille prisonnière au fond. Ses pattes glissent sur le bord et elle retombe dans l'eau verte. Il la prend dans ses mains et la dépose dans l'herbe. De la vase coule du museau de la vache. Où sont les autres ? Derrière la bête, le ciel se bat à présent avec le vent et de gros nuages. Peu à peu, son bleu se noie. Un camion démarre. Il se remet en route pour les surprendre avant l'orage.

Il y a un peu plus d'un an. Sam découvrait la maison du grand-père au début de l'automne

Quand il était arrivé dans la maison, sa montre marchait encore. Elle lui avait servi pour être à l'heure au départ de son train en direction de cette vallée isolée. Elle brillait dans la nuit. Quelques semaines après, elle s'était arrêtée, suivant la destinée des objets que son grand-père avait laissés et qui étaient morts, eux aussi. Machine à moudre le café. Abat-jour. Jumelles. Un musée de reliques. Il venait vider la maison avant qu'elle soit vendue et s'attendait à trouver des souvenirs. D'autres choses avaient pris leurs places. Des feuilles qui se réduisaient en cendre lorsqu'il les serrait dans ses doigts s'étaient glissées sous la porte. Un nid de fourmis. Une pyramide de sable. Des mystères aussi. Dans le tiroir du buffet, un petit livre pas plus épais qu'un carnet, avec un titre : *Le solivage des bois en grume*. Il n'avait pas su ce que cela signifiait, mais il aimait bien ces sonorités, ces mots dont on pouvait imaginer la définition. Dans le livre étaient imprimées des colonnes, des chiffres suivis de points, des initiales. Des prénoms avaient été écrits à la main et il avait pu y lire le sien. Sam. Est-ce qu'il s'agissait du nom d'un client ? Ou bien Sam pour samedi ? Il avait remis le carnet dans le tiroir. Le buffet se trouvait dans une grande pièce qui occupait tout le bas de la maison. Dans un coin, il y avait la cuisine séparée du salon par la table et trois chaises. À droite, deux gros fauteuils, la cheminée. Le lierre avait poussé par la fenêtre restée entrouverte derrière les volets mi-clos. Ses nervures formaient sur le mur une carte avec des sentiers de petites feuilles qui contournaient le miroir ovale et se rejoignaient. Sam avait suivi l'exemple du lierre et s'était installé sans prendre de place, sans bouger les meubles. Vivant à l'écart du village, il partait pour de grandes marches solitaires. Il se perdait dans la forêt. Il cherchait dans le souvenir de la carte du lierre sur le mur un chemin pour rentrer. Pour sortir. Quand la lumière déclinait, il grimpait dans un arbre. Il y passait la nuit. Il y mourait de froid. Au lever du jour, les bruits des tronçonneuses ou des tracteurs le ramenaient vers les hommes. Il se fabriquait des filets pour attraper les poissons. Mais les poissons fuyaient à l'ombre des rochers et il manquait de courage pour retrousser sa manche, tendre le bras et caresser le ventre humide de la rivière. Il taillait des branches pour les rendre propres et nues. Il regardait les copeaux tomber à ses pieds. Le vent les rassemblait et sans crier gare, les dispersait aux quatre coins de la cour. Assis sur le seuil de la maison, Sam observait la trajectoire du soleil déviée par les verres de ses lunettes qu'il tenait devant lui. Des motifs de cul de bouteille qui ajoutaient une couche de vernis à ses brodequins. Une fois par semaine, il prenait un gros pain à la boulangerie du village. Des boîtes de conserve, des oranges ou des pommes. Il évitait de passer devant le café, car les chasseurs y avaient leurs habitudes.

Un jour, il avait découvert le fusil dans un placard. Son long canon de petit calibre et une monture, fût et crosse, qui semblait en assez bon état. Les cartouches étaient rangées à l'autre bout de la pièce. Dans un tiroir frais et sec, dans un carton jamais ouvert. Son grand-père avait pris la précaution de les stocker aussi loin que possible de l'endroit où se trouvait le fusil. Sam s'était essayé devant la maison avec les boîtes de conserve. Ce jeu simple lui plaisait. Vint l'ennui. Il s'était entraîné sur les mulots. Les oiseaux. Lorsqu'une corneille foudroyée en plein vol semblait s'être détachée du fil qui jusqu'alors la hissait dans les airs, son pouvoir grandissait, le fascinait. Il devenait ce passant dont le chapeau est brusquement retiré par une bourrasque et qui découvre la voûte du ciel en se disant : pourquoi suis-je tête nue ? Une nouvelle fois, il parvenait à dévier la trajectoire. Et surtout, il cham-

boulait l'ordre des vivants. Les coups de feu avaient été entendus jusqu'au village. Les chasseurs étaient arrivés. Contents qu'il reprenne le flambeau. Lui donnant les papiers pour passer l'épreuve du permis de chasse. Lui parlant lieutenant de louveterie, limite de cantons, sanglier qu'il faut abattre. Mais tout ça ne l'intéressait pas. Il allait vendre la maison et retourner à sa vie d'avant.
Les aiguilles de sa montre hésitaient, rechignaient. À midi, il était juste huit heures. Du grand n'importe quoi. Sam avait gardé ce n'importe quoi à son poignet. Puis dans sa poche. Ne se fiant plus qu'à la lumière du jour, aux premiers chants, à la fraîcheur qui monte les soirs d'été. Les jours passaient. Il se laissait traverser. Il allait jusqu'au pré où paissent les vaches et observait la brume qui descend et enveloppe la rivière au début de l'automne. Et un matin, les camions gravirent le col.

À la fin du premier jour, Nell

J'ai quitté les cités que le monde a fuies. J'ai laissé les monstres et leurs cubes vides. Les lumières qui n'étaient que de dangereux mirages noyés dans un flot de particules. Avant ça, j'ai laissé cet inconnu avec des baskets de running qui distribue des pubs en faisant claquer les couvercles des boîtes aux lettres. Dans ma rue, une enseigne *Temps pour soi*, *Pose d'ongles express* et *La belle vue*. Un défibrillateur, des serpillières roulées pour guider l'eau dans le caniveau. Mais il est à sec et le trottoir luit de crasse, je marche, une femme parle à son téléphone, une autre femme ne parle à personne, un homme se gare en double file, il allume ses warnings, il regarde devant lui comme s'il avait oublié où il voulait aller, ma rue que j'ai quittée, un sticker sur un angle de mur, *Nous sommes tous des étrangers*, certains fendent l'air avec des rollers, des combinaisons moulantes et des frontales, la ville est une piste de danse, sirènes, pressing, banque, agence d'intérim, la ville se compartimente, d'un côté ceux qui dorment au chaud et de l'autre ceux qui espèrent, dans la nuit de ma rue, une tente démembrée sous laquelle un homme se réfugie, je vois ses chaussures, mais pas son visage et mon regard glisse, derrière la vitrine de l'agence cette veste abandonnée sur une chaise, mes yeux cherchent, ils finissent leur course sur le cube bleuté d'un aquarium et des poissons immobiles.

Bois gorgés d'eau, bruyère. Je dépose les branches dans l'entrée du camion. L'ampoule grésille. Je prends les allumettes. Doigts raides comme du fil de fer. Mon papier, le tabac hollandais. Je m'en grille une en rassemblant les brindilles. Allumettes. Je me lave les mains, le savon glisse dans le porte-savon en forme de grenouille. Pour le moment, le feu n'est que lumière. Pas encore chaleur. Je pense à tous les feux qu'on allumera. Dans ce rêve que j'ai fait la nuit dernière, mes amis et moi étions des ogres. Dévorant nos murs. Dévorant nos toits. Dans nos ventres, un souffle grandissait, nous libérait. Lorsque j'ai ouvert les yeux, des mots attendaient au bord de mes lèvres. Ces mots disaient : de nos palais larges comme des cathédrales retentiront des rires neufs. Un jour, nous abandonnerons nos camions sur le bord de la route. Pour aller plus loin. Plus loin que la fin du monde. Il est grand temps d'écrire nos histoires. Des histoires où les enfants, hissés sur les épaules des ogres, retrouvent leur chemin dans la forêt. Où l'on fabrique des soleils avec des bouts de bois. Où les fous ont peur des loups, de l'orage et du froid.

La nuit est là. On la voit fermer la porte, car de grosses gouttes commencent à tomber. Elle est celle qui observe le ciel devenant noir à travers la lucarne et qui se souvient d'un violent orage sous la tente. Celle qui compte et recompte les quelques pièces qui brillent dans ses mains sales. Celle qui découvre parfois une vieille femme dans son miroir. Et aussi, celle qui fait monter l'eau ou le gasoil par le tuyau rien qu'en aspirant. Elle observe ce minuscule sourire de sang posé dans sa main. Bien contente de conjurer d'un seul coup sa solitude et leur absence. Elle ne sait pas si la route est encore longue et difficile pour eux. Elle ne sait pas si la route finit par user. Mais, elle est celle qui détache les chiens. Celle qui lance le groupe électrogène d'un geste ample d'archer afin que la guirlande suspendue entre les pare-soleil devienne rouge, jaune et bleue. Qui cherche les pierres et les baies d'offrande pour les poser près du poêle. Leur sentinelle. Elle est prête. Elle allume les guirlandes de sa cabine et les autres feront la même chose dès qu'ils auront trouvé le passage. Ils créeront un village qui se tient chaud dans la montagne. L'écran de son téléphone se ranime. Le petit frigo s'ébroue. Des gouttes claquent sur la lucarne. Le tonnerre monte et enfle et éclate entre deux arbres.

Deuxième jour. Sam ouvre les yeux

Vivez le passage, ils avaient peint sur leur camion. Des chiens, des filles et des hommes tous très jeunes, avec des plumes d'oiseaux et des morceaux de bois dans leurs cheveux liés comme une poignée d'herbe. L'argile rouge leur barrait le visage. Elle sert à fabriquer les disques qui explosent au ball-trap. L'année dernière déjà, ils avaient franchi le col et trouvé un terrain plat au croisement des sentiers. La clairière aux arbres élagués leur tenait lieu de camp de base. Ils sont toujours là les arbres, marqués de lettres à la bombe fluo, attendant d'être acheminés vers la scierie. Hier, Sam a été surpris par l'orage. Il a rebroussé chemin avant d'avoir atteint le col, mais il aurait juré que les camions s'étaient arrêtés au même endroit. Sa descente sous des trombes d'eau fut un enfer. Des rigoles se formaient entre ses jambes, la forêt se vidait par les fossés, les pentes. Cédant à la violence du mauvais temps. Le froid se glissait dans sa nuque, les verres de ses lunettes s'étaient couverts de buée. La poudre et la mécanique du fusil n'avaient pas pris l'eau. Par quel miracle ?

Avant le lever du jour, il se tient prêt. Il va à la fenêtre avec sa couverture et l'ouvre. Le vent lui vient du nord et il guette le nuage qui franchira le sommet de la montagne. Un s'échoue. Un autre, pareil. L'attente le rend nerveux. Ciel trop bas, ce n'est pas son jour. Il enfile ses brodequins et il descend faire du feu en faisant trembler l'escalier. Il souffle sur les braises pour qu'elles prennent.

Sa veste est couchée sur la rampe. Gris réséda, tissu perlé. Des passants à la poitrine, cinq passants de chaque côté dans lesquels il glisse ses cartouches, médailles à la couronne dorée et remplies de plomb. Il a choisi sa veste pour ses grandes poches et il y met la ficelle, le couteau, le briquet. S'il reste encore de la place, le pansement, l'eau oxygénée. Il s'assoit dans le fauteuil pour finir son café. Il se refait le trajet. Prendre la route goudronnée. Ignorer les rares voitures qui le croisent. Grimper sur un talus en saisissant les racines. Attaquer la pente rocailleuse. Déranger la forêt. Viser la terre plutôt qu'un arbre ou bien ce jour que la forêt garde en elle. Armer. Tirer. Mais seulement si. Courir le risque que la cartouche rencontre une pierre. Ricoche. Telle une fusée, la voir filer au ciel qui n'a rien demandé.

Des fusées à pourfendre les nuages
Pour que l'orage n'effraie pas les bêtes

Il sort une cartouche de la poche et la fait tourner devant ses yeux. Dans son reflet, il y a le feu qui s'embrase et qui dévore le bois tendre qu'il vient d'y jeter. Lui, il y voit des bosquets et cette lueur verte de feu follet. L'animal au souffle court et les sens en alerte, il est là. Au retour de la chasse, il le sent encore dans son dos, alors qu'il s'est débarrassé du sac et qu'il s'est lavé, changé. Chaud, puis froid. Opaque, gluant, coulant entre ses reins. Même quand il s'assoit à sa table pour nettoyer le fusil, qu'il passe le chiffon dans le canon afin d'éviter qu'il s'oxyde et se pique au risque d'éclater, qu'il enlève les traces de poudre avec un écouvillon de laine et qu'il met quelques gouttes d'huile dans les trous des percuteurs, il traîne encore sa fatigue de bossu. Lorsqu'il se résout à manger un peu, elle s'échoue dans son assiette qu'il ne peut décidément pas toucher. Il retire ses montures de fer d'un geste précis de bijoutier. Il les pose sur la table et c'est bien souvent là que son regard se trouble à ne plus savoir qui fut le vainqueur quand il est sorti du bois. Qui fut le vivant. Sans ses montures de fer, la pièce baigne dans le flou. Le mur, l'assiette, la rampe n'ont pas plus de consistance que ce soupir libéré de son ventre. Lors de ces veillées où des flammèches éclatent et se brisent encore incandescentes sur le plancher, il n'y a même pas un chien pour lui lécher la main. Il s'appuie contre le dossier de la chaise et caresse le velours de sa veste. Cela l'aide à se convaincre que le lièvre aura eu sa chance de ne pas tomber sur ceux qui ne savent tuer qu'en massacrant.

Pour que la clôture ne déchire pas leur flanc

Ce matin, Sam sort et reste un moment devant sa porte. Il ajuste ses montures aussi fragiles que le squelette d'un oiseau, saisit la bride de son fusil et la passe sur son épaule. Lorsqu'il marchera vers le col, la flamme de son briquet lui indiquera le vent. Il se tiendra à bon vent et il priera pour que la voie soit bonne, pour que l'air et le sol soient à température égale. Il priera contre le givre qui vole les odeurs, contre le mauvais temps qui lave les traces. Contre tout désordre.

Pour que la grêle n'envahisse pas nos terres.

Rond de buée sur la vitre du camion

Ça va aller. Les fous ne sont pas dans les montagnes. Les fous ont peur des loups, du froid et de l'orage. Hier soir, alors que Nell lisait dans sa couchette, elle a entendu le cri d'un rapace déchirant le silence de la nuit. Les pattes de son chien endormi se sont mises à s'agiter comme pour échapper à ce cri âpre et sauvage qui s'était immiscé dans son rêve. Le calme revenu, le chien s'est roulé un peu plus sur lui-même et n'a plus bougé.

Nell maîtrise de mieux en mieux l'art de se faufiler entre le lit et la table. Elle se hisse avec souplesse sur le tabouret pour ouvrir la lucarne par laquelle s'échappe la buée de sa casserole. Quand ça frémit dans son bol, elle se cale avec des coussins. Ses breloques suivent le remous. Après un petit temps, son château cesse de tinter. Elle savoure ce moment royal pendant lequel le premier rayon passe par la lucarne. Il se projette sur le flacon de liquide vaisselle qui prend vie comme une lampe à trois vœux. Pendant ce temps, le vent chahute les grands arbres ébouriffés. Une mésange frappe avec son bec contre la vitre. D'instinct, Nell baisse la tête. L'oiseau insiste, se courrouce, revient à la charge. Lorsqu'elle aperçoit Nell, la mésange se fige comme si elle voulait lui faire croire qu'elle n'est qu'un accessoire de son décor en ombre chinoise. Elle charme Nell avec ses yeux d'un noir profond. Aucune ne sait qui est la plus scotchée des deux. Aussi subitement qu'elle a surgi, la mésange repart, emportant le mystère de son manège avec elle. La machine à café italienne rayonne dans le soleil. On dirait une statuette sacrée. Quelque part dans la forêt, un bruit de tracteur, suivi des ronflements d'une tronçonneuse. Le calme revient. Nell s'assoupit. Un avion traverse l'étendue bleue de la lucarne, mais il est bien trop loin pour être vrai.

L'automne dernier, la rivière accueillait pour la première fois les saisonniers. Sam était là, caché

Nell saute dans la vasque turquoise et les autres suivent, surpris, glacés, souffle coupé. Ils ne le savent pas encore, mais c'est le dernier jour avant que l'été rende les armes. Cette nuit, le ciel va tomber sur les montagnes, la neige se déployer sans aucun bruit, sans crier gare, toute la nuit. Au matin, ils sortiront les camions à coups de pelles et de gravier et monteront à la station pour travailler. Quand elle aura fermé, ils iront glisser sur les pistes en s'éclairant avec des flambeaux. La piste se dévoilera mètre après mètre, la flamme léchera leurs visages. Aux bruissements de leurs skis sur la glace, un oiseau prendra son envol et planera telle une coiffe sombre au-dessus de la vallée. Ils retourneront dans leurs camions et connaîtront un sommeil troublé par les sensations de leur descente. À l'heure où la machine à damer allume sa rampe d'éclairage et part pour sa moisson solitaire sur les sommets, ils trouveront enfin le repos.

Pour le moment, ils sont heureux. Bien trop frileux pour se jeter avec eux, les chiens tendent le cou en direction du cours d'eau et ouvrent leurs gueules comme des gargouilles de cathédrales. Parfois l'un d'eux gémit, furieux, frustré.

On entend leurs cris jusqu'au village. Leurs cheveux épousent le courant. Les plumes de leurs tresses flottent à leurs côtés. Ils lèvent les bras, claquent l'eau avec leurs mains et des nappes encore plus glacées s'enroulent autour de leurs jambes. Leur peau fine et blanche est mise à l'épreuve des rochers et des branches couvertes d'écorces que la rivière a charriées et qui se sont amassées sur la rive. Sous leurs caresses rudes, leur peau s'empourpre. Ils se maquillent avec l'argile couleur de rouille. Ils aiment voir le rouge dans la floraison. Ses éclats parlent à leur sang. Rouge précoce de la vigne vierge. Rouge intense des érables. Les fleurs ont disparu, mais les feuilles, peintes tout au long d'octobre, sont encore des centaines à repousser le moment de leur chute avec leurs couleurs en oriflamme.

Nell glisse dans le courant et elle se dit que cette voûte à l'ombre rougeoyante sera parfaite pour rouler le papier autour de son tabac hollandais. Chatouiller les branches avec les embruns du nord, patrie du marin sur son paquet. Un instant, elle croit apercevoir quelqu'un derrière les buissons. Un visage à la place des feuilles. Deux verres ronds réfléchissant la lumière à la place des yeux. Une arme longue à la place d'un jonc.

Après la morsure de l'eau et des écorces, les galets leur semblent d'une douceur incroyable. Ils s'approchent de la rive, tâtent le sable avec leurs doigts et remplissent leurs joues de grains d'or. Une feuille de saule transporte une fourmi qui s'est embarquée pour le plus grand des voyages. De petites vagues caressent leurs tempes. Ils se laissent emporter, fous, amoureux, la peau rouge, les doigts bleus, abandonnant les nœuds, l'endolori, le froissé, pour la rondeur de l'eau et la douce lumière qui filtre des roselières. Ils apprennent le chant des oiseaux en accéléré, car ailleurs la vie les attend. Leur unique labeur est d'admirer les arbres qui penchent au-dessus de l'eau et le soleil de novembre à travers eux.

Le fil

Après avoir dormi, Nell part marcher. Le sentier se partage en deux. Un, direction Roquebrune. L'autre, sentier forestier de La Croix. Ce sera La Croix. Elle prend sa décision sur un coup de tête. De toute façon, elle n'a pas de pièce pour jouer à pile ou face. Cosmo file devant. Le chien mêlé de sud et de montagne, de ferme et de banlieues, pénètre dans le bois et en ressort presque aussitôt. Il repart à la charge, s'enivre de l'odeur des fougères, de la terre noire qu'il a fouillée, soulevant les feuilles humides et les bouts d'écorces. Elle allonge le pas pour le suivre. À quelques mètres devant elle, Cosmo boit dans une flaque. Il prend peur lorsqu'il aperçoit son reflet. Il court et aboie après tout ce qui s'enfuit à son approche, merle, buse, renard. À mesure qu'il s'enfonce dans le bois, le paysage devient hostile et sombre, jusqu'à se fermer derrière lui. Nell se retrouve seule. Elle se met à siffler longuement. Tout cet oxygène qui gonfle sa poitrine lui donne le tournis. Surpris par ce chant nouveau, les oiseaux se taisent. Elle scrute à travers les arbres. Revient sur ses pas. Écoute. Les oiseaux reprennent timidement. Elle siffle. Les oiseaux s'arrêtent. Au bout d'un moment qui lui semble une éternité, elle entend aboyer. Alors elle donne de la voix, tape dans ses mains, tissant un fil entre elle et Cosmo. Il n'a plus qu'à se laisser guider et le voilà, son compagnon.

Nell et son chien arrivent sur le plateau. Elle découvre un grand et beau chêne. Il lui manque ses rubans pour les nouer aux branches, elle se contente de caresser son tronc. Elle toque, l'arbre lui répond. Un panneau indique que La Croix est à deux kilomètres cinq. Son téléphone émet un bip. La vie d'en bas se rappelle à elle. La voix d'une femme :

– On a besoin d'une serveuse. Vous êtes libre ?

– Libre ?

– Pour deux ou trois semaines.

– Je ne veux pas m'engager au-delà de cinq jours.

– Cinq seulement ?

Cinq jours. À prendre ou à laisser. Elles se mettent d'accord pour que Nell commence le lendemain à huit heures. Bon ! Ce sera son dernier jour de vacances et elle compte bien en profiter.

Entre La Croix et le camion

Sam

À siffler les mains dans les poches, un pantalon, des bretelles et tes brodequins qui font leur boucan à racler les gravillons. Si je m'attendais à ça ! Elle marche, elle a exactement les mêmes chaussures que moi. Tout pareil, à part que moi, j'ai mon briquet et la ficelle. Mon doigt s'entoure autour de la ficelle, je lève les yeux pour attraper son regard et je pense au nombre de fois où le lièvre m'a échappé à cet endroit. S'il court sur une allée de pierre, son odeur s'évaporera en une seconde. Il connaît cette ruse depuis des milliers de siècles. J'ai appris qu'on doit toujours savoir ce qu'il y a dans les poches de celui qu'on croise. Dans les poches, il y a les mains. Mais ce n'est pas elles qu'on cache. Elles ne peuvent pas fuir, les mains. Ce qu'on rêve de posséder peut fuir. Ce qui s'évapore en moins d'une seconde, le nœud de la ficelle, Hansel et Gretel peuvent fuir. La rage dans les yeux d'un chien, les estafilades, l'eau troublée par l'argile ou ce tabac hollandais avec un marin et sa barbe orange qui transporte la tourbe et le miel. Tout cela peut fuir. Est-ce que cette odeur de tabac entre dans mon souvenir ? Au point de le posséder ? Ce parfum qui se dévoile aux alentours de sa peau, n'est-ce pas un peu elle ? Ou ce qui lui a appartenu ? Ce qu'elle emporte partout ? Seulement il n'y a pas de place pour les odeurs à cause de l'humidité. Ce matin, le sol est trempé comme une éponge. Et de nouveau, j'en perds la voie.

Nell

Quand tu arrives à ma hauteur, poches pleines, cette arme longue prolonge ta silhouette d'échassier et fige tout ton côté droit. Soudain, tu fais un pas qui te projette malgré toi. Un geste illisible des épaules et des bras vers moi. Ou contre moi. Comme pour jeter une peur du haut d'un pont. Tu ne me dis rien et en même temps, tu hurles dans ta tête une chose que tu es seul à entendre.

Sam

Je ne saurais pas quoi te répondre. Ta figure ronde comme la lune s'est emparée de l'or qui transparaît sur sa surface et que personne n'est encore allé chercher. La lune brille parce qu'elle a l'or. Le soleil n'a rien à voir dans cette histoire. Et tes yeux aussi, ils ont pris l'or. Ça me fascine et ça me bouleverse, car je ne croyais pas que c'était possible. On ralentit comme si on avait le temps ou rien d'autre à faire que se croiser. Peut-être que ça nous plaît, nous croiser. Le temps d'une étoile qui file, l'air nous entoure d'une douce chaleur d'étable.

À force de siffler en direction du bois, ton chien déboule si subitement que ça me procure un de ces haut-le-cœur. Vous vous rangez face à moi et je suis tout à coup bien seul. Presque trahi. Mon doigt s'entoure autour de la ficelle, je pense à mes veillées en compagnie du mur, de la rampe et du feu qui ne font plus qu'un dans mon brouillard de mal voyant. Si tu me demandes pourquoi je sors avant le jour avec mon fusil et une provision de cartouches qui me ferait tenir dix guerres au moins, je ne saurais pas quoi te répondre. Pourquoi je porte cette veste de velours qui ne bruisse pas ? Poches pleines, le fusil et moi. Pourquoi je traque, pourquoi je tire ? Je ne sais pas ce que je cherche en tuant le lièvre. Peut-être que j'ai ça dans le sang. Tatoué. Mais tu vois bien, je ne suis pas un des leurs. Ce serait pourtant facile de leur ressembler. Si simple de suivre la meute jusqu'au banquet. Mais je m'efforce, il faut me croire. Rien que pour ça je le mérite ce lièvre et même si je ne le mérite pas tout à fait, alors que lui est mort et bien mort, il aura eu sa chance.

Nell

Je vois dans tes yeux cerclés de fer un ciel où les nuages les moins hauts s'échouent sur la falaise. Tu es le nuage qui bute contre la falaise.

Sam

Le chien te court autour. Tu lui gueules après et tu lui dis de retourner au fourgon. Tu veux le prendre dans tes bras, mais il est trop lourd. Tu ne veux pas voir le mouvement que je fais vers toi pour t'aider à le porter. Tu me regardes et il y a un nombre monumental de questions dans tes yeux.

Nell

Front lourd. D'enclos. De rouille. Méconnaissable. Mais l'eau libre ? Tes voiles et tes grandes marées ?

Sam

Pourtant... Enfin, il m'a semblé. Ton visage tout rond dans le halo de ta capuche. Avec ces mèches de petit diable de chaque côté. On aurait dit l'image exacte de ma mémoire ancienne. Celle d'une rencontre. Oui, nous nous sommes déjà rencontrés. Il a fallu que tu repartes. Que les saisons effacent. Un nuage passe. La lumière sur toi a changé. La lune s'est détournée et l'or est maintenant caché derrière ce *Tu fais quoi, tu veux quoi, tu dis rien ?* Il est déjà trop tard, car je suis et je resterai âpre et sauvage. Mais sans la liberté. Me monte à la gorge une injure qui me dépasse. Des mots que je te jette et que je finirai par regretter. *Qu'est-ce que tu fous sur ce chemin ? Quelle est cette ruse que tu es en train de me jouer ?*

Ton chien s'approche. Œil noir. Il montre ses crocs. Il renifle le bas de mon pantalon et je revois ce lièvre qu'on venait de sortir de la cage avec les chasseurs et qui s'était réfugié contre ma jambe.

Sam. Il ne sait pas vraiment où est son crépuscule et où est son matin

J'ai vu la fille, les rubans de la sorcellerie, le chien et après je ne savais plus bien. La fille, la sorcellerie et le chien. Il la mordillait, elle l'engueulait. Il l'a poussée et elle est tombée sur les fesses. Elle a ri. J'ai eu peur. J'ai pensé aux armes dans les armoires des chasseurs. J'ai pensé aux fusées. À ma solitude, insolite, énorme. Au soleil fabriqué à même le sol avec des bouts de bois. Ces signes que je ne comprenais pas. Quand les conquistadors trouvaient un soleil, ils le détruisaient. Ils ont aussi volé les parures de plumes et les colliers. Ils ont complètement déboussolé les Indiens en les dépouillant de la sorte. Dès lors, les oiseaux se sont tus. Les femmes ne chantaient plus. Les conquistadors ont voulu réparer en fabricant d'autres soleils avec des branches qu'ils allaient chercher au cœur de la forêt gigantesque. Seulement, ils n'avaient ni le talent, ni la patience. Leur astre demeurait fagot, écorce, poussière. À présent, mon Peau-Rouge médite sur son rocher. Il invoque la lune, mais elle lui a été dérobée. Il ne voit pas la lune, mais une vache à la langue râpeuse au milieu des herbes.

Ces derniers mois, je suis revenu à la rivière pour caresser l'eau. J'ai appris tous les remous, tous les abris, toutes les souches. Les trous, les pierres et les gués. Là où le sombre persiste, là où le jour n'a jamais existé. Ce qui se cache d'instinct, ce qui s'entrevoit. Nageoires transparentes, mousse humectée, dentelle du vent, araignées et leur ombre calligraphiée. Ces territoires marqués de son empreinte.

Mon espoir. Qu'elle revienne au même endroit. Comme les oiseaux migrateurs. Il y a de moins en moins d'oiseaux et ce monde me fait de plus en plus peur. J'y ai ma part. Mais je suis un homme, pas un monstre. Si je décide d'arrêter de tuer les oiseaux, alors les chasseurs pourront le faire. C'est peut-être ça garder l'espoir que le dernier des conquistadors épargne le soleil. J'ai vu la fille et je me suis approché. Elle riait. Ce genre de rire qui fait bouger les lignes.

Troisième jour. Danser

Ce petit jour à l'abri de la pluie et du soleil brûlant, entre les roues et le châssis de son camion. Ce matelas de vent et de rosée où Nell stocke ses bidons, sa table de jardin et sa plus grosse casserole. Elle a passé sa nuit dans cet entre-deux qui n'est pas tout à fait la terre ferme, et qui n'est pas encore le ciel. Elle doit rallumer le poêle. De la fumée, mais pas de flamme. Alors, elle prend Cosmo avec elle de crainte qu'il gèle dans le camion. On verra bien avec la patronne. Elle tire la porte sur cette odeur d'encens et de café dans son château de breloques.

Venant de face, le vent transporte l'odeur de Nell vers le campement. Son Minolta en bandoulière, le froid la coupe, l'empêche de respirer. Cosmo est tout mou, rien ne l'intéresse, même pas les feuilles, les bruits dans les buissons. Il voudrait dormir, entendre les craquements du bois qui flamberait dans le camion. Nell le prend dans ses bras. Il est encore tout chaud de sa nuit. Il lui lèche la joue et garde les yeux fermés à cause du vent. Mais il est trop lourd. Elle le remet à terre, lui donne une petite tape pour l'obliger à marcher. C'est à ce moment-là qu'elle voit le renard. Elle ne peut pas rater ça. Elle prend son Minolta et pose son doigt sur le déclencheur pour le sortir de sa veille. Doucement. Vérifier la lumière. Avec son œil fermé, l'autre dans l'objectif. Diode rouge à droite du viseur. Bout du nez gelé. Le renard. Impérial, dans cette esquisse au long museau, aux pattes si fines qu'elles ne semblent même pas toucher le sol. Le vent. Un coq au loin. Nell appuie sur le déclenecheur à l'instant où le renard relève la tête et les découvre.

En poussant la porte du bar, Nell prononce un bonjour pas très vaillant et c'est la patronne qui lui répond pendant qu'elle tourne une page de son calendrier. Elle compte les jours, car elle attend un enfant. Elle ne peut plus se tenir debout toute la journée, alors c'est Nell qui sert, qui sourit, qui remercie.

– Tu vas trouver des torchons propres à côté des casiers à bouteilles. Tu n'auras qu'à essuyer les verres.

Le temps s'étire. Traces sur la vitre. Ronds de café sur les tables. Debout. Servir. Attendre. Et puis, ceux qui entrent et la regardent. Des clients qui saluent, qui grattent le sommet de leur crâne en soulevant leur casquette. La nouvelle. Une saisonnière. Avec un chien. Leurs propres chiens ne sont pas contents, ils ne tiennent pas en place. Leurs griffes crissent sur le carrelage quand un chasseur tire sur sa laisse. Alors on dit à Nell de mettre son chien dehors. La patronne lui apporte une corde et le cœur de Nell se brise quand elle la passe autour du cou de Cosmo. C'est la première fois qu'il est attaché. Elle le caresse longuement avant de le laisser sur le trottoir. Toutes les dix minutes, elle va à la porte avec son torchon sur l'épaule et se penche vers la rue.

Là, une vieille femme traverse en s'aidant avec un parapluie. Elle se concentre sur chacun de ses pas. Nell l'imagine à son réveil. Lisser le drap, s'habiller doucement. Un peu de café, les biscottes dans la boîte en fer. Laisser vieillir le temps jusqu'à huit heures et puis aller à la fenêtre. Et s'étonner de voir ce chiot tout seul en face de chez elle. Cette jeune femme qu'elle ne connaît pas, qui entre et sort du bar. Les premiers nuages, le froid derrière les carreaux. Mais malgré tout, sortir de chez elle et traverser la rue pour dire bonjour à la jeune femme et sentir à son approche cette odeur étrange et plaisante de bois brûlé, de rivages hollandais.

La vieille femme caresse Cosmo. Elle lui parle comme à un nouvel ami. Nell la rejoint.

– Votre chien, je savais bien qu'il est gentil.
Puis, elle lui tend son parapluie.
– C'est pour moi ? dit Nell.
Il est gris, mais en l'observant de plus près, Nell découvre qu'il est décoré de minuscules fleurs rose pâle. Elle remarque aussi les doigts de la vieille femme, un peu renfermés sur eux. Elle s'agenouille et desserre la corde pour libérer Cosmo.
– Vous voulez bien me raccompagner ?
– Oui, attendez-moi un instant. Je finis mon travail.

Un peu plus tard.
– Je m'appelle Nell, lui, c'est Cosmo... Et vous ?
– Louise. Maintenant, je suis tranquille. Je vous ai rencontrée, je suis tranquille.

À la sortie du village, Nell sort son paquet de tabac et le papier un peu voilé par l'humidité. Son zippo tempête postillonne une courte flamme. Elle effectue de légers pas de danse en faisant tournoyer le parapluie. Ses chaussures font un bruit de galets qui s'entrechoquent quelque part et peut-être bien au bord de cette mer qui a le pouvoir de les rendre lisses et doux comme les paumes d'une main. Nell oublie les regards des clients et les ronds de café sur les tables et le comptoir. C'est le visage souriant de Louise qui lui vient à l'esprit. Elle hume dans l'air les premiers feux de son campement, prête à s'envoler pour les rejoindre. Lorsque Cosmo lui pince la cheville avec des dents aussi pointues que des clous, elle pousse un cri sauvage.

Il y a un an, Nell et ses amis avaient quitté le campement pour se rendre au centre commercial

Ils n'ont pas remarqué le chien. Alex l'avait mis dans le caddie. Des sacs dessus. À peine on voyait son museau. Alex n'a pas voulu le laisser dans le camion, car il est son ombre. Parfois c'est Alex qui devient l'ombre de son chien. Je me rends tout de suite compte qu'il ne se sent pas bien dans le supermarché avec ce plafond et ces murs de tôles. Avec les écrans qui balancent des pubs en cascade. Des jeunes qui nous ressemblent. Dansant autour d'un feu. Dansant sur les cendres.

Valentine entre à son tour. Elle adore mon chapeau ruban plume et pour me le faire savoir, elle me serre si fort que mes pieds décollent alors qu'Alex nous tourne autour avec son caddie. J'aperçois le photomaton par-dessus son épaule et il me fait penser à ces distributeurs de boules de toutes les couleurs, on en achète une sans savoir ce qu'il y a dedans et souvent on s'imagine plein de trucs, des objets qui rebondissent, qui sentent le cassis, ou qui se remontent avec une clé minuscule et je tourne et Valentine me pose enfin et je lui dis *je fais bande à part*. Elle s'embrume alors je la rassure, je m'approche de la machine pendant que mes amis passent le portique, je mets cinq euros et la voix s'élève : hauteur du siège, ne souris pas, pas de noir et blanc, pas de chapeau et pas… Au début ça va. Je déclenche et ça me montre une première série de quatre. C'est pas moi. Encore la voix, tabouret, sourire, couleur et à nouveau, le chapeau. Pas. Mais je le garde, car je l'aime et en même temps la voix me rend coupable. Deuxième série. Troisième et dernière chance. C'est sans le chapeau ou rien. C'est pas moi ou rien. Alors j'exécute un geste qui ressemble à une révérence au moment où le flash se déclenche. Une ombre de rubans et de plumes passe devant le flash. Je sors. Les gens me dévisagent. Si je reste à attendre les photos, je vais exploser la machine.

Je trace dans les rayons sans trouver ni Alex ni Valentine et quand j'arrive à la caisse, la vendeuse porte un diadème de fée avec de petites antennes qui clignotent et une veste polaire sans manches avec le logo du magasin. Elle clignote. Elle n'a pas trente ans, un tatouage dans le cou, une rose rouge. Elle tremble car elle a froid, elle n'écoute pas sa respiration car elle n'a pas le temps, elle ne regarde pas ses mains mais la lumière rouge du lecteur de code-barres. Elle clignote. J'aimerais savoir ce que ça lui fait quand elle pose le diadème de fée sur sa tête avant de rejoindre la caisse. Et les basses lourdes des haut-parleurs, trop fortes pour pouvoir en faire abstraction. Et de répéter *vous avez la carte de fidélité du magasin ?* J'observe sa frange, ses paupières, cette rose à cinq pétales qui se perd dans son cou et j'aimerais lui dire quelque chose pour qu'elle lève la tête. Si elle me regardait, peut-être qu'elle devinerait la route dans mes yeux. Les paysages de papier pliés dans la boîte à gants de mon camion. Cette évidence qu'il y aura toujours l'espace des roues entre nous et cette terre. Peut-être qu'elle verrait mes mains sculptées par les travaux au campement. Nouer, couvrir, chauffer, tailler. Mes mains brunies par l'air de la montagne. Mes mains vivantes qui ramènent du bois au petit matin pour nos brasiers. Elle lève les yeux. Je vois enfin leur couleur.

Valentine et Alex. Que font-ils ? Je rebrousse chemin, Valentine est là, Petit Poucet face à une montagne de paquets de bonbons.
– Tu as vu ? Ils ont inventé des sucettes qui brillent dans la nuit !
– Nous sommes des ogres, Valentine. Je saisis un paquet de chamallows, je l'éventre, en enfouis deux dans ma bouche et le sucre fond. Je tends le paquet à Valentine : cadeau ! Et là déboule Alex avec son caddie

qui aboie, il tire du paquet un chamallow bleu, le plus beau. Son paradis dure trois secondes, le vigile met fin à tout ça. Il crochète Alex par la nuque et l'entraîne vers la sortie. Alex, hilare, interpelle la caissière : allez, venez avec nous ! Dans les montagnes ! *Une, deux, trois ! Dehors !* Derrière la baie vitrée, la neige commence à tomber. Le chien sort du caddie et court entre les voitures. Alex lâche le caddie et court après son chien.
Le vigile se plante devant moi. Sous les lumières jaunes, son visage me fait penser à du plâtre qui s'effrite. Du plâtre sur son costard sombre.
– Tu payes et tu sors !
Je pense très fort à ce que m'a dit Alex la première fois qu'on s'est rencontrés :
– Sois toujours prête à décamper !
Je pose le paquet sur le sol, je me redresse lentement et je sens venir le frisson du danger. Le vigile tend son bras pour m'attraper, Valentine suit son bras, elle tend le sien vers moi pour me libérer. Je lui dis :
– Pars devant !
En réalité, le vigile est fatigué, ça se voit

dans le pli de sa chemise. Il aimerait passer la main, faire face à sa manière. Seulement, il n'a pas le temps de s'organiser, de créer cette petite porte par laquelle il pourrait s'échapper. En une seconde, je me faufile entre les caisses et je sors et je suis libre ! Libre dans ce monde qui penche, dans la grande déroute où les oiseaux tombent, sur les routes où l'on croise des richesses gardées, des parkings et des caddies, des enseignes et des bandits, l'ennui, le repli, des enfants, les enfants que nous sommes et que nous laissons, car nous sommes nés trop vieux pour changer ce monde qui est lui-même bien trop vieux. Il nous reste l'incandescence de la flamme. Lorsqu'on a fini notre journée, bu quelques bières, on fait notre procession en partant du haut de la piste. Si vous pouviez voir ça au lieu de nos bidons, nos ongles noirs et nos chiens, si vous pouviez être éblouis par nos flambeaux ou lorsqu'on allume les guirlandes de Noël dans la cabine. C'est vraiment beau.

La nuit tombe, Sam

Je connais mieux les sentiers et la forme des collines que ces ruelles mal éclairées. Je n'ai pas pris mon fusil. Je n'ai pas craint d'affronter la nuit. Dans mon dos, il y a mon sac avec le lièvre. Cet homme d'ombre, bossu et désarmé, qui se ratatine et qui s'étire dans le halo des lampadaires, c'est moi. Après la grosse maison qui fait l'angle, je suis arrivé. Il fait froid dehors et dans ce café, le poêle est resté allumé. Après la fermeture, des hommes ont poussé la porte du bar et sont entrés. Le patron est aussi chasseur. Sur le comptoir, des verres attendent d'être remplis. Ils sont maintenant cinq et ils s'assoient. Leurs cuisses larges se touchent, les vestes à passants pour les cartouches couvrent le portemanteau en bois de cerf. Les néons sont allumés, ça sent le chien mouillé. Il y a ici plus de chiens que d'hommes.

Je viens rendre ma bête et je vais soulever leur colère parce que je chasse hors saison. À force de colères, je vais me faire exclure définitivement du cercle, mais je m'en fous. Je suis celui qu'on tolère, entre deux portes, sur un coin de banc, dans les coulisses de leur banquet. Les cinq chasseurs pensent tout haut : on connaissait ton grand-père, mais toi pas vraiment.

Je m'avance sous les néons, j'ai gardé ma veste à grandes poches et mon couteau dedans. On me regarde de travers quand je tire une chaise vers le poêle à mazout. Peut-être que c'est à cause de mon visage qui se partage en deux : un côté froid comme les ruelles et un côté chauffé à blanc par le poêle. Il gronde. Son tuyau se dilate. Un ange passe. Un des chasseurs tousse et se ressert à boire. Il veut partir sur de nouvelles bases. Redistribuer les cartes. À partir de là, les copains décident de faire comme si je n'étais pas parmi eux et ils reprennent leurs histoires de battues et d'étrangers. Chacun y va de ce qu'il a vu ou entendu. Les vols à répétition. Des phares qui fusent en tous sens en coupant les crêtes. Un chien des leurs qui aboie au milieu de la nuit. La voie qui se perd dans le branle-bas des diesels et ce chevreuil qui se serait cru à l'abri en traversant la rivière. *Mais, c'est sans compter sur les nôtres, fins de nez et tellement courageux à la ronce.*

Ils posent leurs mains sur leurs cuisses et sur l'encolure de leurs chiens pour sentir leur souffle et s'assurer que ce souffle leur appartient. Un souvenir me revient. Ce matin où on avait arrêté les voitures pour libérer les lièvres. Leur haleine de tabac et de café. Le gilet orange qu'on a voulu me faire porter. Je me souviens de ce matin de boue et de noir complot. Ils ont commencé à taper le capot pour que les lièvres se décident à sortir. Mais la plupart sont restés en boule au fond de la cage. J'ai pensé : on leur rend la liberté, mais ils n'en font rien. Ils sentent le piège, mais le piège c'est bien aussi la cage, non ? Soudain, il y en a un qui est venu se réfugier contre ma jambe. Moi je l'écartais du pied, pendant qu'ils riaient, que les chasseurs disaient : « Regarde, il t'a adopté ! » Les poings continuaient de taper, c'est moi qu'on poussait à rejoindre la forêt et c'est à moi qu'on criait, fous le camp, mais fous le camp ! Quelque chose s'est déclenché en moi ce jour-là.

Le silence s'est fait dans le bar. Je viens juste de m'en rendre compte. Ils ont les yeux tournés vers moi. Les chiens aussi, tournés vers moi. Je me penche pour attraper mon sac et je le tiens, balançant en bout de bras :
– Je suis venu rendre le lièvre.
Ils regardent le sac. Un chien s'approche pour le renifler. J'ajoute :
– Voilà... Je ne sais pas quoi en faire...
– Alors laisse-le à la forêt ! Une voix surgie d'une énorme bouche calme. Aussi brutale qu'un coup de fusil dans un couloir. Me réveille définitivement. Me tire par la manche. Me hurle d'ouvrir les yeux.

– Son heure serait venue, tu n'as pas à te tourmenter !
Le silence.
Premier chasseur :
– Tu chasses hors saison !
Deuxième chasseur :
– Tu tires n'importe qui, n'importe comment !
Troisième chasseur :
– Et quand il s'agit de faire le cercle et de serrer dans la plaine et d'aller tous ensemble vers une pièce de luzerne, tu ne suis pas !
Quatrième chasseur :
– Combien on en a laissé s'échapper du cercle ce jour-là ? Alors que les chiens faisaient bien leur boulot pour les débusquer, les lièvres savaient plus où courir et nous, on savait plus où donner des yeux. Il en sortait de partout, mais ils arrivaient à s'enfuir ! Parce qu'à ta place, y avait personne, personne !
Enfin, l'homme à l'énorme bouche calme :
– Tu n'as rien fait quand le camion est passé. Maintenant, elle est installée et même si elle va pas rester, elle se sent chez elle. Elle a trouvé un boulot. Dans ce bar.

Je suis un enfant surpris au milieu de son rêve. Triste à pleurer, fiévreux. Je suis celui qui reste muet. Je ne dis pas que je l'ai vue. Que je connais son prénom. Nell. Ils parlent de la fille et ils déclarent qu'elle ne va pas rester, que d'autres vont la rejoindre, pour sûr, et qu'ils vont bien finir par bouger leurs camions pour aller plus haut. Mais avant ils auront créé leur désordre, des chiens qui plantent leurs canines dans les jarrets des bêtes, aussi libres que ce vent mauvais qui ouvre le chemin aux nuages de grêle. Les bêtes, que font-elles ? Elles s'effraient, se sauvent, se déchirent les flancs contre le fil barbelé. Pas beau à voir, non. Ils courent après la saison de neige et forcément, elle va suivre avec son chien. De toute façon, ils disent, de toute façon, son monde n'est pas le nôtre. Son monde aime le rêve.

Ce sont maintenant des ombres fuyantes qui parcourent leurs visages. Je vois des nuques grises, des fronts qui luisent comme s'ils étaient badigeonnés de graisse. Penchés sur la table pour bâtir leur riposte, les esprits puisent dans la vase des traques qui résonnent de leurres, de furets, de collets. Et cette envie de sortir de la casquette des armes légères et sournoises, des armes qui ne ressemblent en rien à des armes. Je me sens mal, je ne sais pas quel est le visage de leur ennemi à l'issue de la discussion. Des chiens ? Le gibier ? Les débarqués ?

Quand je tire la porte, je n'ai retenu aucune chaleur, pas une goutte de leur vin, non, ce que j'emporte c'est mon lièvre dont ils n'ont pas voulu. J'emporte leurs mots, ils ont leur propre vie confuse dans ma tête en remontant chez moi. Une vie où l'on se défend des malveillants. En marchant dans le noir sur le même sentier où l'on s'est croisés avec cette fille qui va suivre la saison de neige, je pense encore à ce monde qui aime le rêve, et pas le nôtre. Il existe une chose à laquelle je n'aurai peut-être jamais accès. C'est une douleur que je ne connaissais pas. Alors que l'or de sa figure ronde et de ses yeux me tient éveillé depuis des nuits, alors que cette odeur de tourbe et de miel commençait juste à éclore sur le chemin, à raviver mon souvenir, je suis à présent malheureux. Même si j'ai appris qu'elle a trouvé un boulot et qu'il me suffirait demain à la première heure de retourner prendre un café pour la revoir, qu'est-ce que je ferais, assis face à elle, de ma veste, de mes mains, de mon couteau ? Je sais trop bien quelle serait ma réaction. Je prendrais la fuite en grognant comme une bête. Si bête face au grand bazar de mes émotions, j'en oublierais son prénom et elle redeviendrait « la fille ». Je passerais sous silence les oscillations suspectes de mon cœur, ce bout carré où je m'enterre, mes combats futiles pour apprivoiser ma peur, ce que je ne sais défaire, mes impasses, mes…

La lune est basse sur mon chemin. Il n'y a pas si longtemps, la couronne de ma cartouche possédait cette couleur exacte de la lune avant qu'elle soit prisonnière des arbres. Maintenant je trouve à mes pieds une douille de chasse molle, vert-de-grisée, sans odeur, et certainement très vieille. Je joue peut-être le personnage du prince déchu ? La lune joue à cache-cache, mais son jeu ne m'intéresse pas, car elle s'est laissé prendre entre les branches. La lune est une pièce de monnaie qui perd son éclat en passant de mains en mains. Elle se déleste de son or pour se cacher je ne sais où. C'est donc ça ! Rubans de la sorcellerie ou soleil de branches, tout m'échappe. Avant de quitter le ciel de nuit pour entrer chez moi, je me pose cette question à voix claire et haute. Est-ce que le rêve fait partie de ces choses qui se refusent à moi ? Si le rêve s'échappe, moi je le tue.

Quelque part dans la forêt, quelque part dans la saison

Il le voit. Tranquille, ses oreilles bougent. Celui-là est plus vieux et maigre que le dernier lièvre qu'il a tué. Tout doucement, il casse le fusil en deux pour loger la cartouche dans le chargeur. Il le lève à hauteur d'épaule. La monture de ses lunettes se déporte et appuie sur l'aile de son nez. Ne pas respirer trop fort. Attendre que la buée qui s'est formée sur le verre s'efface. Une seconde, il ferme les yeux. Dans cette seconde, il sent que c'est de l'étrange et même du monstrueux qu'il a entre les mains. Une branche de poudre, un rameau de plomb. Quand Sam rouvre les yeux, tout est mauvais. Voilà ce que lui inspire le monde. Alors, il faut bien se défendre. Démineur... Champ de bataille... Veste de chasseur... Poches pour les balles... Vérifier le transfo... Monter jusqu'au col. Cet enchaînement est si limpide à présent dans son esprit qu'il ne laisse pas de place au doute. Ses pensées vont vers les bêtes qu'il faut tenir et qui vont se déchirer sur la clôture si elles s'emballent. Les bêtes qu'il faut soigner, les averses et l'approche de l'orage. Ses pensées vont vers la grêle qui ne doit pas dépasser la limite, envahir les champs, bousiller les récoltes. La grêle ne doit même pas exister.

Si seulement la sorcellerie pouvait balayer son cœur à cet instant. Peut-être que lui pousseraient des ailes et peut-être qu'il s'envolerait vers cet amour couleur d'or et de lune que le hasard de la route a mis sur son chemin. Tout propre et tout prêt, un garçon à la gueule d'ange qui n'a jamais connu de solitude, ou alors pas trop grande. Qui prend un livre comme si c'était un objet familier, ouvre une page et dit *les mots m'aident à vivre*. Qui apprend le nom des oiseaux et des fleurs en latin et les garde dans un coin tranquille de sa tête pour les relâcher durant les heures où il erre dans les creux de l'insomnie. Armé de patience et d'aplomb. Lumineux derrière ses montures de fer, ouvert sur la route qui est une promesse, avec quelque chose d'indien dans l'air. Pas peureux, aimable, à dormir chez des inconnus et repartir au petit matin en laissant un cadeau sur la table. À saisir la houle du haut des remparts. Solide et calme, sauf pour ce qui est du sang. Amoureux ? Eh bien oui ! Partout et même jusqu'à son cœur dépoussiéré, jusqu'à son cœur si heureux d'avoir trouvé ses raisons de battre et de tout quitter.

Il est là. Si joli devant son fusil. Dix mètres à peine entre le bout du canon et ses oreilles. Il n'y a pas d'histoire, ni de vengeance, ni de violence entre sa balle et la fin. Il est l'instrument, juste l'instrument. Index dégagé de la crosse, presser sur la détente. Il voit le lièvre vivant. Il voit le lièvre éteint. Comme une mécanique. Un jouet cassé.

Vous le verriez réciter son fugace pardon en échange d'une vie volée à la forêt. Tenter de garder sa place parmi ceux qui dorment paisiblement. Lécher le couteau et essuyer ses mains de sang sur son pantalon.

Nell est rentrée au campement

Goutte après goutte, les fleurs roses du parapluie se répandent sur le plancher du camion. Nell l'a mis à côté de la plante verte dont les feuilles se baladent à chaque fois que la porte s'ouvre et se ferme. Elle fait partir le feu. Les yeux fixés sur la flamme pour oublier le froid. Des flocons se posent sans bruit sur la lucarne. La lumière faiblit à mesure que la neige s'entasse sur le toit. Elle verse de l'eau dans le bol de Cosmo et se prépare à manger. Des voix lointaines viennent troubler le silence. Nell connaît ce chant. Remplie de joie, elle ne prend pas le temps de mettre sa veste, laisse la porte grande ouverte, secouant au passage la plante verte et coupe par le bois. Elle court dans la pente, les joues rouges, le souffle long, son pull qui sent la braise froide avale la neige qui se dépose et fond. Des flocons viennent caresser si doucement ses lèvres que la glace se fait coton. Ils sont tout près. Fumants et grondants entre les arbres. Sans même savoir lequel de ses amis lui tendra la main, Nell prend son élan pour le grand saut de hasard jusqu'au premier camion. C'est Alex qui la rattrape juste avant qu'elle tombe. Quelle belle barbe Alex ! En équilibre sur le marchepied, Nell se penche pour faire des signes chaleureux à Valentine qui les suit avec son camion. Ses cheveux et son pull sont gorgés d'eau, mais elle ne le sent pas. Elle a bien trop à faire à la tête de son armée de bidons et d'attrape-rêves qui fait trembler la route et les arbres.

Ensuite, ils se calent et ils s'étreignent comme s'ils se disaient au revoir alors que la saison n'a pas commencé. Les cheveux s'emmêlent, les yeux se défroissent et on glisse les cantinières sous les camions. Les chiens se sont regroupés et ne savent plus qui est leur maître, mais les maîtres de ce coin de forêt à l'abri du monde n'ont aucun mal à se reconnaître après un an. Ils sont à peine plus vieux.

Alex cadenasse les cantinières. On ne sait jamais qui peut rôder et avoir l'idée de les dépouiller, ignorant que leurs trésors de débarqués ne valent rien. Valentine remplit une bouteille, Julie vide le tuyau pour qu'il n'éclate pas pendant la nuit de gel. Chacun rappelle son chien. Seul Cosmo ne répond pas. Quand les chiens faisaient la ronde tout à l'heure, Nell ne s'est pas rendu compte qu'il en manquait un. Elle scrute à travers le rideau de neige, les épaules et les doigts gelés. Dans un ultime effort, elle relance le moteur du groupe électrogène pour allumer les guirlandes. Pour guider Cosmo.

Quatrième jour, la battue

Petit soldat. Timide et fier. Plus ou moins calme. Plus ou moins éveillé, Sam se lève et va à la fenêtre. En ordre de bataille, les nuages s'échouent contre la falaise. Ses pieds froids dans l'escalier. Chaussettes, brodequins, le feu éteint et les fantômes qui n'ont même plus l'égard de se dissimuler. La rampe, la veste, les mains recroquevillées ou bien les manches trop longues. Les poches. Le briquet et la ficelle. Il entend les voitures des chasseurs, mais il est incapable de dire depuis combien de temps ils tournent dans la cour.

Hier, l'un d'eux lui avait rendu visite en fin d'après-midi. Sam était sur le toit de la maison. Des tuiles avaient bougé à cause du vent. Les bras tendus comme un funambule, il se faisait tout léger. Il marchait sur la carapace de la maison. Du toit, il avait aperçu les fumées du campement où s'étaient regroupés les camions. Ce voile posé sur le flanc de la montagne lui avait évoqué un doux chant, une musique qui épousait les contours de la fille. Le chasseur tenait l'échelle en bas, mais Sam ne voulait pas descendre. Il avait encore à faire en haut à cause du vent, des tuiles en vrac. Le chasseur était obligé de lever la tête pour le regarder. Avec le soleil qui avait fait son apparition, le type avait dû mettre sa main en visière. Sam ne voyait plus que sa bouche, une énorme bouche calme. Lorsqu'il lui avait parlé de la battue du lendemain, qu'ils allaient venir le chercher, car *plus on est nombreux, tu sais bien*... Quand il lui avait dit en haussant la voix :
– Les sangliers ! Trop de sangliers !
Sam tremblait un peu. Il avait pensé aux débarqués. Et ce regard du chasseur, comme un poing sous la gorge. Le chasseur avait lancé :

– Ton fusil, il n'est pas trop vieux ?
Il s'était appuyé sur l'échelle avant de s'en dégager d'un geste brusque :
– Bon, on compte sur toi demain !

Les roues de leur convoi ont affaire à de vraies fosses sur le chemin creusé par les orages de l'été et les pluies diluviennes. Sam concentre toutes ses pensées sur ce mot : diluvienne. Il se revoit, piégé sous une pluie qui l'avait trempé jusqu'aux os. À l'arrière, les chiens aboient dans leurs cages. Des terriers électrisés par les odeurs de la forêt, sourds aux voix des chasseurs qui, de leur cabine, leur ordonnent de se calmer. Certains vont continuer avec les 4x4. Se poster plus haut. On dit à Sam que son voyage se termine ici. On lui confie deux chiens. Des chiens de rouge.
– N'oublie pas ! Un coup de corne pour l'animal blessé, deux coups pour la mort.

Sam marche une centaine de pas dans la pente. Il s'arrête à l'endroit où le chemin bordé de chênes et de châtaigniers se perd dans les fourrés. Quelques minutes plus tard, les premiers récris lui signalent la rencontre d'une voie de la nuit. Les aboiements se multiplient, trois groupes de chiens au moins, coupant dans les ronces et entre les arbres. La meute rallie et embrasse la voie à pleine gueule. Sam tient ses chiens, il sait ce qu'ils sont capables de faire avec leurs mâchoires. Chiens de rouge en dernier recours. D'où leur vient tant de force ? S'ils tirent encore, les laisses vont se rompre et il ne lui restera plus entre les doigts que le vide. Sam aimerait que quelqu'un l'aide, mais il ne sait pas qui peut l'aider. Les chasseurs doivent être tellement contents. Des sangliers ! Si bientôt morts avec leurs courtes pattes, leur absence de grâce et leurs défenses d'un autre âge. Cet animal qui, lorsqu'il est cerné par les chiens, s'abandonne à leur cruauté. Encore. Ça aboie dans les pentes, ça remonte vers eux. Les chiens n'ont qu'à se baisser pour trouver des empreintes fraîches. Toute échappée se fait à découvert avec ce temps humide.

Une seconde avant que Sam lâche, un chasseur qu'il n'a pas entendu approcher, lui prend les laisses des mains. Il lui ordonne :

– Tu cours vers la lisière, tu te postes vers les fourrés les plus épais.

C'est là que les sangliers s'égaillent. Sam court parce qu'il n'a pas d'autre choix et la meute rallie la voie derrière lui et il court jusqu'au rivage et un chevreuil jaillit, traverse la rivière en se laissant porter longuement, souffle au ras de l'eau. Le petit dans son sillon. Sam s'est agenouillé. Il regarde la mère et son petit s'éloigner en silence alors que la meute se rapproche.

Le temps glisse en bulle d'éternité. Comme si elle s'était posée sur de la glace, cette bulle se couvre d'étoiles qui grandissent. Son air contenu s'emprisonne dans des figures de plus en plus complexes. La bulle éclate. Au même instant, le petit à la robe fauve et tachetée de blanc avale une lampée d'eau si froide qu'il lui semble que sa gorge et ses poumons transformés en deux blocs de roches vont l'entraîner tout au fond.

La lune, qu'on voit même le jour, la lune se noie. Une feuille pourpre d'érable tournoie devant leurs museaux et les abandonne en suivant le courant. Il faut traverser avec le petit, ne pas s'arrêter, car les chiens ne tarderont pas. Une clameur se libère et enfante mille échos de rage. Les premiers tirs. Panique, ordre nouveau, la forêt tremble. Il est encore temps, il reste un peu d'air et de vie. Le chevreuil et son petit épuisé ont rejoint la rive. La mère le pousse sur la berge à l'abri du saule. Passer dans le carré de lumière, traverser le champ, se mêler aux vaches, masquer la voie. Fourrage, terre foulée au pied de l'arbre, la mère se dirige vers le bois. Ils ont lâché les chiens, putain, ils ont lâché les Rouges. Est-ce que la mère est blessée ? Son odeur d'avant l'a-t-elle quittée ? Invisible sous le voile qui se pose sur elle, se vidant de son sang, orpheline de sa vie, la mère laisse la première meute désemparée. Mais son sang perdu parle aux chiens de rouge. Son sang les rend fous, les guide vers sa fin. Elle avance péniblement dans les fourrés aussi épais qu'un linceul. Une mère peut se vendre aux chiens pour sauver son petit pourchassé.

Avant de laisser Sam devant sa porte, un des chasseurs lui annonce qu'un bruit court à propos de la fille. Son chien aurait disparu. Serait-ce lui qu'il a aperçu courant sur les crêtes hier au soir durant la tempête de neige ? Puis, le convoi repart en emportant les sangliers. Leurs grosses têtes cahotent contre le plancher des remorques. Si on lui demandait, Sam dirait qu'il n'a pas vu le chevreuil allongé avec eux. Je n'ai rien vu, il dirait. Une toile couvrait bien quelque chose qui avait la forme d'une bête. Mais il avait préféré détourner les yeux.

Le sac avec le lièvre est resté sur la table. On dirait un animal blessé. Sam s'affale sur sa chaise. Il regarde l'intérieur de ses mains meurtries.

Même les princes connaîtront un jour la paix.

Sam, chez un chasseur

L'homme à l'énorme bouche calme :
– C'est pas nous ! C'est un des débarqués ! Les Peaux-Rouges, c'est pas des anges ! Ils ont leurs jalousies et leurs règlements de compte. Eux aussi peuvent en vouloir à un chien. L'égarer. Tu viens ici pour enterrer ta bêtise ? Tu viens ici pour la cacher ? Ou parce que tu ne sais pas où aller ? Tu crois qu'ils apportent la paix ? Tu peux me dire où les débarqués se trouvent maintenant ? Pointer ton doigt sur la carte et me dire exactement ? Franchement ! Qui se soucie de ce que chacun fabrique en ce monde ? Qui, à part nous ? Cela devait arriver. Les

nuages de grêle. Les bêtes effrayées par leurs chiens de débarqués. La vache aux jarrets déchirés. Alors, on va les déloger, chauffer nos chiens, sortir les fusées, pour qu'ils ne soient nulle part chez eux. Nulle part !
L'homme veut continuer à parler. Je lui balance le sac avec ma chasse de la nuit.
L'homme se braque :
– Bon sang, mais qu'est-ce que je vais faire de ça ? Ton lapin, il n'est pas de saison.
Il dit *lapin*, il dit :
– Mon congélateur est plein. Je t'ai déjà prévenu au café, j'en veux pas de ta carcasse. Je vais pas te couvrir chaque fois. Si tu avais payé ta cotisation, tu aurais les dates où c'est autorisé de chasser. Je sais d'avance ce que tu vas me répondre, des excuses de gamin.
Je le regarde droit dans les yeux :
– Gamin ? Tu veux que je te parle de cette mort que j'ai ramenée en la portant sur mon dos et qui me dégoulinait entre les reins ? Toi, tu l'affrontes de loin grâce à tes chiens. Tu les dresses à flairer le sang et les brisures d'os. Tu leur laisses faire le sale

boulot. Ta carabine tue quiconque à deux kilomètres et la mort à deux kilomètres c'est pas la mort, mais juste un jeu qui te déboîte l'épaule.
Sa grosse main sur la porte :
– Un jeu ? Ce que je vais t'annoncer ne va pas te faire plaisir. On va sortir les trophées, les nappes blanches, le meilleur vin et le chevreuil couronnera notre banquet. C'est fini pour lui !
Je ne sais pas quoi faire, alors je serre.
– Pourquoi tu me prends à la gorge ?
– Tu sens de quoi tes chiens sont capables ? Tu vas répéter après moi : le chevreuil était immense et c'était magnifique quand il a sauté dans la rivière avec son petit ! Allez, répète, le chevreuil était immense et libre.

Je le libère, il devient moins rouge et ses grosses poignes se décrispent. C'est comme s'il avait de l'eau dans la gorge quand il me répond. Avec cette espèce de sourire qui n'en est pas vraiment un :
– Tu veux voir la bête maintenant ?
Il ouvre la porte de son congélateur et il dit :

– Tu veux voir comment le givre la recouvre de son fin manteau blanc ?

Je n'ai rien pu éviter. Le chevreuil est mort pour le banquet. Dans le fond, ce n'est pas pour mon lièvre que je suis venu frapper chez l'homme à l'énorme bouche calme. Ni pour me sentir soulagé d'un crochet dans sa face. Je ne viens pas chez lui pour me cacher ni pour enterrer ma bêtise. Je viens pour les fusées à pourfendre les nuages, car ces armes feront taire toutes les autres. Je viens pour m'emparer des fusées avant qu'elles n'éclatent. Elles sont dans une caisse à côté du congélateur. Je m'avance, mais soudain l'homme se cabre et pointe son canon sur ma poitrine.

Fin du quatrième jour, Nell

Quand j'ai quitté la rive, j'ai entendu des aboiements qui se faisaient écho. Une meute affamée qui se déplaçait dans la montagne. Ensuite, les coups de feu. De plus en plus nets et proches. J'avais peur de voir surgir un chien ou un chasseur, mais j'ai continué à marcher en direction des prés pour trouver Cosmo. Là-bas, les vaches s'étaient rassemblées pour se tenir chaud. La neige formait un cercle autour d'elles et se déposait sur leur dos. Je me suis approchée. Une fine vapeur se dégageait le long de leur colonne vertébrale. Il y avait de la douceur dans leurs grands yeux. L'une derrière l'autre, la tête sur le dos d'une autre, posant délicatement leurs sabots dans l'herbe mouillée. J'ai pensé à cette image du pré vu d'en haut. Un cercle mouvant et uni de vaches nous accueillant dans leur ronde, moi et la neige.

Le chemin qui traverse la forêt m'a conduite au campement. Pieds et doigts engourdis, le visage meurtri par le froid et les bourrasques. J'ai dormi plusieurs heures. Valentine m'a apporté une tisane en fin d'après-midi. Des feuilles de verveine qu'elle a écrasées dans sa paume pour me les faire sentir. La fièvre et les tremblements se sont atténués. J'avais les jambes en coton, je me suis habillée en détournant mon regard de la place qu'occupe Cosmo lorsqu'il dort.

À présent, je m'assois devant le feu et mes amis voudraient que je danse avec eux. Leur danse de l'ours qui a bu toute la bière des montagnes. Dans leur danse, la tête de l'ours repose sur un tronc et après une nuit, l'ours se redresse. Avant d'aller dormir, ils m'embrassent. De leurs joues sur mes joues, la chaleur se déplace. Demain, mes amis rejoindront la station. Ils garderont les vêtements avec lesquels ils ont dormi, imprégnés de l'odeur du feu, pour se protéger du froid. Ils garderont une marque douloureuse dans la paume leur rappelant avoir lancé le groupe électrogène de multiples fois. En eux, la force de l'ours qui naît d'un arbre.

Je suis seule face au feu. Seule avec mes mains de sentinelle et dans leur creux, une entaille devenue blessure, une blessure devenue cicatrice. J'ai toujours la sensation du corps chaud et léger de Cosmo sur mon ventre. Jusqu'à quand ? Il manque un membre de l'équipage et j'ai froid.

À travers les flammes, un chevreuil sort du bois. Il est suivi par une vieille femme dont les cheveux s'embrasent lorsqu'elle tourne son visage vers moi. Elle formule des mots tourmentés, inconnus. Le feu semble saisir un danger en se tortillant sur lui-même. Au même instant, la queue du chevreuil disparaît comme un pinceau trempé dans une nuit si dense que je ne devine même plus l'entrée du sentier qui mène aux rochers. Je balance une bouteille dans le feu. Le verre redevient du sable. Le sable étouffe le feu. Le feu mort épouse le froid. Le monde d'en bas est si froid que je l'ai quitté. Sa froideur monte jusqu'ici, elle me rattrape, elle cherche à me convaincre de quitter la montagne. Le brasier s'éteint. La femme n'est plus là. Elle n'a peut-être même jamais existé.

Sentinelle

Cette nuit-là, Nell franchit la forêt du haut d'un arbre. L'arbre bouge. Il est sur un pied en léger déséquilibre. Il absorbe la brise qui passe à travers lui comme un nuage d'invisibles. Nell entend des craquements, puis le silence qui se pose et qui se déploie. Elle entend le vent, l'arbre qui se retient et s'ajuste. Elle attend la prochaine brise, le pas de géant qui la fera passer par-dessus la rivière, au-delà du col où tous dorment à présent à l'abri des camions. Elle veille sur eux. Elle veille sur son Cosmo perdu. Pourvu qu'il garde les yeux grands ouverts. S'il s'assoupit au cœur de cette nuit que rien ne peut empêcher de venir, que ce ne soit qu'un instant. La nuit, tout entière dans une pierre qui glisse dans le torrent, dans un cri qui se surprend lui-même, dans un grincement de lianes qui lui répond. Nell s'allonge sur la branche, elle laisse pour un moment tout ce qui, dans le monde d'avant, a oublié d'être doux.

Fuir

Avec leurs doigts tordus, les braises torturent le bois en prenant leur temps, en peaufinant leur magie noire. Épuisé, Sam s'est endormi sur sa chaise. Le dos de sa main est éclairé par le feu qui se meurt sans bruit. Sur le mur, les nervures du lierre telles des veines sombres. Son fusil est sur la table à côté de l'écouvillon de laine, de son assiette et d'un bout de pain. La violence de la battue et de l'échange avec l'homme à l'énorme bouche calme agite son rêve. Chevreuil. Chiens. Fusées... Brusquement, un coup sur les braises qui rougeoient et se volatilisent, soufflées par la déflagration.

Cette fois il n'a pas rêvé. Il ouvre les yeux. Érable secoué, branches dénudées, l'écho traverse la forêt, la clairière et fait demi-tour pour pénétrer les murs et exploser à quelques centimètres de son cœur. Dans le silence lourd qui suit, Sam se lève en titubant. Il se croit blessé, peut-être mort. Il regarde son ventre et il pose les mains sur son abdomen pour sentir son souffle aller et venir. Il se précipite à la fenêtre, regarde par le carreau et dans ce qui n'est que son propre reflet, il entrevoit l'homme à l'énorme bouche calme. Les gilets orange. Les chasseurs. Innombrables. Armés jusqu'aux dents de leurs chiens fous de rage.

Il revient vers la table, les deux mains à plat. D'abord se calmer. Il ne voit plus rien. La fille a pris son cœur, ses yeux, ses mains. De toute façon, il n'en a plus besoin. Il cherche la lumière, à tâtons, ses lunettes. Ses doigts rencontrent la montre de verre poli, cadran d'insomnie, chiffres blancs de ses nuits. Sa montre inerte. De toute façon, il n'en a plus besoin. Alors que son cœur… son cœur frappe si fort. Il ouvre la porte, il court, des sanglots plein les yeux qui lui coupent la respiration, il court et il espère qu'il n'y aura personne sur le pont, personne pour le voir pleurer, il saute un talus, il se déchire aux ronces, une nouvelle balafre sur le côté, une crevasse, le froid, le noir de la forêt, de quoi il se dérobe ou contre quoi il doit combattre, il ne sait pas, quelles armes, quels dangers pour lui, pour elle, pour son jeune chien, il ne sait pas, il sait seulement qu'il doit le retrouver avant le drame.

Il aurait tant aimé faire ce bout de chemin avec elle. Pas pressé, pas comme un fou qui voudrait lui faire du mal, oh ça non ! Elle se retournerait, elle n'aurait pas de peur dans les yeux. Il lui dirait que son chien va certainement rentrer. Juste lui dire… Ne te fais pas du chagrin, Nell. Il va échapper aux chasseurs. Ceux-là, on croit qu'ils aiment les animaux parce qu'eux aussi ont des chiens, mais c'est faux. Les chiens leur servent à éloigner les étrangers ou à ramener le gibier. S'il y en a un qui se perd ou qui se blesse dans la forêt, ils le laissent crever. Leurs chiens ne sont même pas tatoués.

Alors, qui ira leur dire que c'est mal ? Qui pourra retrouver leur trace et leur dire que c'est mal ? Ils n'ont pas pu le prendre pour un loup, non. À ce moment-là, Sam aurait souri. Nell aussi aurait souri. Cette boule de poils qui gagne tant de force en grandissant, qui boit du lait et qui court après les papillons, un loup ! Grâce à ce sourire, quelque chose d'apaisé se serait installé entre eux.

Sur le sentier, des lumières comme les perles d'un collier éparpillées. Le reste du paysage est sombre. Une silhouette, flanc contre terre. Son chien ? On a tué son chien ? Il s'approche. Un renard. Le corps de l'animal ne présente aucune blessure. Sam passe la main dans sa fourrure épaisse, son autre main l'accompagne pour le soulever. Il dépose le renard dans son lit d'herbes et à ce moment-là, tous les lièvres, ou plutôt leurs âmes, se décrochent du ciel, descendent en une pluie bruyante, furieuse, puis de plus en plus faible.

Sam pleure, il n'y a personne pour le voir. Il finit par trouver l'endroit où il avait remué la terre et il creuse, non pas pour déterrer le cœur du lièvre, sa mécanique est cassée, dispersée en mille morceaux, mais pour retrouver les rubans, les accrocher aux branches. Comme des moulins peut-être, ils s'animeront et de la magie en naîtra. Un éclat généreux qui fera reculer l'ombre. Plus aucun lièvre mort, plus de chien perdu, plus de chagrin, seulement la nuit qui redevient calme. Les rochers, la lune, à leur place. Sam a rejoint la rivière. L'eau lui rappelle combien ils se sont aimés, lui et Nell. Avec leurs yeux, leurs mains, leur souffle. Durant un automne qui ne voulait pas partir, surtout ne pas s'éloigner de l'été. Un automne déchiré par l'hiver qui s'est imposé avec violence, bannissant leurs rires.

Il essuie ses larmes avec les rubans et son visage se couvre de longues traînées de terre. Si Nell observait son reflet tout neuf dans l'eau, elle verrait le visage d'un Peau-Rouge inconsolable.

De la rivière aux crêtes

Nell s'agenouille près du poêle et retrousse les manches de son pull difformes à cause de l'eau de pluie. Dans ses mains, des branches qu'elle a eu la bonne idée de rentrer. Elle les casse, le feu crépite. Elle a perdu sa voix, elle a perdu son chien, mais il lui reste assez de flamme pour que l'histoire se termine bien. Elle y mettra ses ultimes révoltes. Après s'être vêtue chaudement, elle sort. La lumière est blanche, l'amas de neige avale ses pas. Avant de pénétrer dans la forêt, elle se retourne une dernière fois pour regarder son camion presque fondu dans le paysage. Elle n'a pas pensé à son tabac, mais elle a sur ses lèvres gelées la sensation de son papier à rouler. Cela fait plusieurs minutes qu'elle monte dans la forêt quand elle l'aperçoit qui grimpe, penché en avant. Échassier bancal, Sam perd l'équilibre au moment où l'un de ses pieds s'enfonce dans la neige fraîche. Il se rattrape à une branche de sapin, un mur de neige s'affaisse comme un rideau de scène. Nell accélère et l'oblige à se retourner en lui saisissant le bras. Elle a envie de mordre son poing pour qu'il délie son doigt de la ficelle, pour que son briquet tombe à ses pieds. Elle n'entend pas sa respiration de chasseur tourmenté. Elle jurerait que dans ses poches de chasseur, ses poings sont fermés. D'un geste hésitant, Sam sort sa montre de sa poche. C'est vrai, semble-t-il lui confier avec cette mine désolée, elle ne sert plus qu'à briller dans la nuit. Mais cela devrait suffire puisque le temps ne compte plus, puisque je n'attends plus. Puisque tu es là.

Sa colère l'enferme. Elle ne se souvient pas. Elle est épuisée d'avoir cherché plus loin

que la rivière, les membres lourds d'avoir foulé les terres blanches. Son Cosmo se terre quelque part et elle doit le trouver avant que ses traces ne s'effacent. Elle crie, face de lune guerrière :
– Qu'on me rende Cosmo !
– Ton chien ? demande Sam. Il est déjà loin. La battue l'a fait fuir. En tous cas, c'est ce qu'il aurait dû faire. C'est ce que j'aurais fait.
Dans ses yeux passent les Rouges :
– Il y a eu les chiens de rouge et la voie est devenue trouble, et ma peur a grandi lorsqu'ils les ont lâchés…
Il s'interrompt puis reprend, les paupières baissées, la voix tremblante :
– … Alors que moi je faisais tout pour les tenir au bout de leurs laisses, pour que la mère et le petit aient une chance de s'en sortir. C'était perdu d'avance. Du chevreuil, ils ont fait leur trophée. Du trophée, ils ont fait leur fierté. C'est comme ça… personne n'ose se moquer d'un chasseur tant qu'il a de quoi tuer.
Il se redresse, puis reprend son ascension en laissant Nell en bas de la pente :
– Mais, le petit est sauvé ! Tu entends ? Le

petit du chevreuil est sauvé. Assez fort pour se débrouiller seul désormais.

Champ de bataille

Ici, les chasseurs. Ils traversent des champs aux barrières couchées. Les vaches ont déserté les prés et s'ennuient dans les fermes. Il n'y a plus de sentier. On se risque là où la neige est la moins épaisse, on évite les plaques glissantes pour atteindre le campement des débarqués. Engoncés dans leurs grosses vestes et leurs bottes fourrées, les chasseurs soufflent dans leurs mains une haleine de café. Un aboiement isolé dans l'air glacé, le cliquetis de la carabine en bandoulière rythment leur marche.

Là, sur le versant est, on aperçoit les amis de Nell. Le groupe s'ébranle en direction des cimes. Alex et Valentine et Julie et Théo et... Belle allure de ces fantassins éprouvant leurs voiles sur les routes sans âme. Folles enjambées de ces contrebandiers, forestiers des steppes, porteurs de nos peurs et de nos regrets. *Combien sommes-nous et combien allons-nous perdre ?*

Ici. La forêt s'est ralliée à l'hiver, l'hiver s'est rallié aux débarqués. Les chasseurs s'arrêtent et ouvrent leurs sacs pour s'emparer des fusées. Elles sont molles, des pétards mouillés au lieu de l'artillerie lourde qu'ils croyaient transporter. Tout fout le camp. Reprenant leur marche, ils jettent les fusées, abandonnant la surprise qui devait accompagner leur assaut. Ces armes qui feraient taire toutes les autres. Leurs chiens doivent sauter par dessus les congères, ils s'enfoncent alors que Cosmo est souple et alerte. La meute l'a tiré du sommeil, il a surgi de son abri, il fonce droit devant lui pour rejoindre le sous-bois. Il trouve plusieurs taches de lumières sur la glace qui le guident dans sa montée. Parvenu au col, il s'élance en direction de l'est.

Nell rejoint ses amis et ouvre la marche dans la pente. Leurs traces n'existent pas encore, ce sera à eux de les dessiner, fragiles, éphémères. Ce qui les anime ressemble à des vieilles sorcelleries et il se pourrait bien qu'ils se changent en ogres. Ils volent au-dessus du village, au-dessus des chasseurs. Souffleurs, marchands de rhum, cartomanciennes, brodeurs, fileuses, archers, éventreurs de coffres, lanceurs de soleil, sentinelles ! Leurs cœurs se tiennent chaud.

Ici. Nulle part chez nous, grondent les chasseurs. Un reste de feu agonisant. Un dernier coup de botte pour l'achever. Cantinières, barils, tuyaux, portes même pas fermées à clé. Personne dans les camions. Les débarqués sont déjà loin. Les chasseurs méditent un moment en observant le ciel, à coup sûr trop haut, et leurs chiens aux oreilles baissées. Des cristallins suppliants. Ils renoncent en jurant, plus de voie dans ce blanc, plus qu'à rebrousser chemin.

Après avoir laissé Nell en bas, Sam progresse dans la pente. Il découvre des traces fraîches. Cosmo. Sam accélère sa marche, c'est comme s'il avait reconnu à chaque empreinte dans la neige la caresse des chiens, les pleurs asséchés, la joie déversée par une armée de rêveurs. Au bout de dix minutes, il l'a rejoint. Cosmo remue faiblement la queue et vient se coucher aux pieds de Sam. Le jeune homme l'encourage à se lever et ils progressent ensemble entre les arbres. Si Cosmo prend du retard, Sam l'attend. Devant eux, la forêt s'ouvre sur une étendue vierge. Ils sont là, les rêveurs. Cosmo se précipite vers Nell et ce sont de retrouvailles bouleversées. Nell le caresse avec énergie alors que le chien lui lèche les joues. Elle prend la tête de Cosmo entre ses mains, son chien mêlé de sud et de montagnes, elle le regarde droit dans les yeux pour y lire ce qu'il reste en lui de sauvage avant que cela ne s'en aille.

Sam est resté en retrait. D'abord étranger, d'abord ennemi. Puis, un de plus. Un pas de plus vers eux. Pâle. Fragile. Prince désarmé face à Nell. La discorde qui avait grandi entre eux, cette plante épineuse et sans parfum, n'a plus de raisons d'exister.

Je renais. Je renais chaque fois que je lève les yeux, Nell. Pour la paix que je dois mettre en toutes choses. Pour l'endroit où la voie de la nuit rejoint la voie du jour.

Je suis un de ces cœurs simples, Sam, un de ses cœurs de passage qui n'ont pas envie de choisir la nuit ou le jour, mais ce lieu où la lune s'attarde.

Il y a ton image comme une lune vers laquelle je me tourne, car j'ai besoin de ça pour entretenir mon feu. Il n'y a pas de douleur, je suis à ma place dans ce décor qui brûle du dehors vers le dedans et du dedans vers toi.

Je suis ce tableau aux couleurs chaudes que tu mets devant mes yeux. Je suis ce tableau, Sam.

Tu es entré dans mon paysage, Nell.

Les saisons passent, alors faisons en sorte de partir avec elles. Promets-moi que l'on continuera tant qu'on aura tout à perdre.

J'ai couru comme jamais pour que cela advienne. J'ai avalé mes peurs, j'ai soulevé les pierres, franchi l'abîme, désamorcé l'écueil. J'étais lièvre et chasseur. Tour à tour lièvre et chasseur.

Tu es là et jamais je ne fermerai les yeux. Tu vois, j'emporte le mystère des arbres et des poissons, des vents chauds et des matins qui bercent. Le meilleur à venir.

Merci à Claude Fosse, François Bon
pour leurs voix et leurs regards.
Merci à Isabelle pour la lune et le lièvre.

Autres parutions :

36 choses à faire avant de mourir, illustrations : Claude Ballaré. Éditions Droséra, 2017.
Les élégantes, illustrations : Claude Ballaré. Éditions Droséra, 2017.

À découvrir, le site de Muriel Roche
« le grand saut de hasard ».

Ouvrages parus aux éditions Parole

Collection Main de femme

Isabelle Hasbroucq : ***Rouge comme un cœur dans la bouche de dieu***.

Violette Ailhaud : ***L'homme semence***.

Lacolaffeille : ***L'amour fait aux femmes***.

Mélanie Laheurte : ***Sensations photographiques du Verdon***.

Catherine Carage : ***Le Coucou***.

Violaine Warin : ***Femmes lunes***.

Juliet Schlunke : ***Rosenthal, une enfance australienne***.

Isabelle Hasbroucq : ***Petites têtes d'épingles et autres minuties***.

Maria Borrély : ***Sous le vent***.

Brigitte Broc, Emeline Chatelin – CD poésie et harpe : ***Mon désir est devenu jardin***.

Claire Frédéric : ***Le piano à écrire***.

Maria Borrély : ***Les Reculas***.

Édith Reffet : ***Le Bout du Monde***.

Géraldine Hubinois : ***Sur la plus haute branche***.

Édith Reffet : ***Lit 54, retour de l'enfer***.

Émilie Kah : ***La petite flingueuse - Retour à Diên Biên Phu***.

Ile Eniger : ***La femme en vol.***

Juliet Schlunke : ***La Dryade.***

Suzanne Ghersenzon-Spénale : ***Celui qui déplaçait les montagnes.***

Traduit en allemand par Frédérique-Marie Miñana : ***Der Samenmann – L'homme semence*** de Violette Ailhaud.

Violette Ailhaud : ***L'homme semence*** – version illustrée de linogravures de Maryline Viard.

Sophie Alfieri : ***Trois jeunes appelés dans les Aurès (Algérie 1956-1957).***

Émilie Kah : ***L'automate du vide-greniers***.

Jackeline Van Bruaene : ***Rua da Cruz et autres histoires***.

Marie Lébely : ***Le large dans les poubelles***.

Soumya Ammar Khodja : ***De si beaux ennemis et autres nouvelles***.
Mireille Barbieri : ***C'était en février***.
Luisa Myrial : ***L'île - Les sept nuits d'Ève à Lilith***.
Soumya Ammar Khodja : ***Elle était ma première terre***.
Édith Reffet : ***Ma mère - Chronique d'un non-amour***.
Nancy Huston : Livre biface – ***Sois belle/Sois fort.***
Marie Lébely : ***L'horizon d'un événement***.
Maria Borrély : ***La tempête apaisée***.
Maria Borrély : ***Les mains vides***.
Maria Borrély : ***Le dernier feu***.
Mireille Barbieri : ***À l'encre violette***.
Natacha Verdier, Cara Tael, Florence Batisse-Pichet, Valérie Marcoult, Virginie Bardin, Corinne Pons, Caroline Gonnaud, Laurence Sharples, Sylvie Pellet, Fannie Lefebvre, Isabelle Henry, Charlotte Naturale : ***12 mois, 12 femmes***.
Laure Sorasso : ***Les guerrières***.
Suzanne Ghersenzon-Spénale : ***Polina - Une Ukrainienne dans la tourmente.***
Anne Lecourt : ***Sept jours en face***.
Stéphanie Quérité : ***Rouges***.
Christine Demarchi : ***La table de Joseph.***
Juliet Schlunke : ***Pourquoi partir ? Le rêve australien.***
Fanny Saintenoy : ***J'ai dû vous croiser dans Paris.***
L'homme semence de Violette Ailhaud, traduit en anglais par Nancy Huston : ***The Seed Man***.
Nancy Huston : ***Rien d'autre que cette félicité.***

Collection Regard d'homme
Gilles Vincent : ***Si je cessais de vous écrire...*** *- Le choix de l'intranquillité.*
Patrick Caffarel : ***Sur la route de Ten Sleep*** *- Un berger des Alpes au Far West.*
Jean Darot : ***L'amer du thé*** *- De la Chine en éruption à la nuit éternelle.*

Collection Biface

Daniel Daumàs - Livre : ***Tessons de vie/Tròçs de vidas.***

Jean-David Gallet - Livre-CdRom : ***Dans le secret de la nuit.***

Daniel Daumàs - Disque-livre : ***Còntra Suberna/À contre-courant.***

Alain Billy - Livre : ***Les Amandes.***

Daniel Daumàs - Contes de la Provence d'en haut : ***L'attrape soleil/L'aganta soléu.***

Lieutenant Vallier/Claude et Jean-Michel Sivirine - Livre : ***Le cahier rouge du maquis/L'homme boussole.***

Collection Le temps d'apprendre

François Roddier : ***Le pain, le levain et les gènes.***

Laurence Verna-Vanin : ***Voir et penser : de l'œil à l'esprit.***

Agnès Pastourel : ***Presque encyclopédie de la vigne et du vin.***

Louis Brachet : ***La terre prise au piège de l'homme.***

Paulette Borrély : ***Maria Borrély 1890-1963.***

François Roddier : ***Thermodynamique de l'évolution.***

Jack Meurant : ***Jean Giono et le pacifisme, 1934-1940 - La tentation politique.***

Henry Lombard : ***Sentiers philosophiques.***

Langage Pluriel : ***D'un pays à l'autre. De l'Italie à l'Aquitaine.***

Jacky Plauchud Vaucher et Barney Vaucher : ***Calanques : un siècle d'amour et de vigilance.***

Christiane Gaillard : ***Le petit traité de l'amour.***

Yannick Bernier : ***La face cachée du Verdon.***

Langage Pluriel : ***D'un pays à l'autre. De l'Espagne à l'Aquitaine.***

Langage Pluriel : ***D'un pays à l'autre. De l'Alsace à l'Aquitaine.***

Berthe Pélestor-Ravel : ***Vingt ans de cohabitation dévastatrice : la colère d'une bergère.***

Langage Pluriel : ***"La cuisine" D'un pays à l'autre 100 recettes immigrées.***

Langage Pluriel : ***D'un pays à l'autre - Pays d'Eymet terre d'accueil.***

Emma Sanz-Delzars : ***Paroles d'avant l'oubli - La retirada. Une famille dans l'exode des républicains espagnols en 1938 et 1939.***

Jack Meurant : ***Jean Giono et le pacifisme, 1934-1944, de la paix à la guerre.***

Djamel Safsaf : ***Le tango argentin, une marche à deux au sein du bal - Des origines à une méthode originale.***

François Roddier : ***De la thermodynamique à l'économie.***
Jack Meurant : ***Jean Giono et le pacifisme, 1934-1944 - De la paix à la guerre.***

La collection Le temps d'apprendre devient

Curieux par nature

Virginie Langlois, Philippe Granarolo,
illustratrice : Céline Decorte:
Dessine-moi un chat de schrödinger *Quand la philosophie quantique révèle l'Extra-Ordinaire de notre quotidien.*

Daniel Nahon – ***Le réchauffement climatique commence sous nos pieds*** *Le scientifique, le citoyen et le politique, face à la crise.*

Bande dessinée

Mandragore et Laetitia Rouxel : ***L'homme semence***, en coédition avec les éditions de l'Œuf.

Collection Angle de vie

Yannick Bernier : ***Ma Patagonie !***

Parc naturel régional du Verdon : ***L'almanach - Ces petits ruisseaux qui font le Verdon.***

Collection Chemins faisant

François Lupu : ***L'équation, une vie d'une rive à l'autre.***
Pierre Micheletti : ***Une mémoire d'Indiens.***
Joseph Périgot : ***Le crépuscule des éditeurs.***

Collection La mescla

Miquèu Montanaro et Réka Fekete - Correspondance : ***Un vélo dans les arbres***.

Jean-Loup Dariel - Roman : ***Célestin de l'Étang***.

Bernard Loyer - Roman : ***L'hiverne***.

Jean-Pierre Vaissaire - Roman-conte : ***Chaconne.***

Raymond Jardin - Roman : ***La guerre des moissons,*** *tome 1 : L'Ardente et la Routière.*

Raymond Jardin - Roman : ***La guerre des moissons,*** *tome 2 : Les marins des hautes terres.*

Éric Schulthess - Recueil : ***Marseille Rouge Sangs.***

Jack Meurant - Roman : ***Prettye un amour envolé***.

Jean-Pierre Védrines - Conte : ***Jean le roux***.

Éric Schulthess - Conte : ***En attendant la pluie.***

Félix Chabaud : ***Pour l'exemple.***

Violaine Warin - Contes : ***Un gecko dans la calebasse et autres histoires extraordinaires***.

Barney Vaucher - Polar : ***Meurtre au Verdon***.

Barney Vaucher - Polar : ***À bas les masques***.

Jack Meurant - Biographie : ***Commissaire Laviollette, alias Modeste Clarisse***

Pierre Souhaitée - Roman historique : ***Le prix de la liberté***.

Daniel Picard - Roman historique : ***Moi, Ambroise Paré***.

Raymond Jardin - Roman : ***Le jour maudit.***

Violaine Warin - Contes : ***Le cadeau de l'amant et autres contes d'amour***.

Jack Meurant - Roman : ***Ravine***

Roger Mourier - Contes : ***Bois d'aubaine et autres Têtes de mule.***

Éric Schulthess - Récit : ***Il s'appelait Alphonse Richard, le premier Dignois tué à la Grande Guerre.***

Pierre Veranese - Conte philosophique : ***Déclaration des Droits de l'Âme insoumise et joyeuse.***

Félix Chabaud : ***Majid - Le chemin d'Azza.***

Olivier Soria : ***La chèvre de Monsieur Crétin : Les frasques écologiques de l'être humain racontées par un olivier.***

Collection Pourquoi ?

Sagault - Jutta Ash : ***La marmotte qui ne voulait pas siffler.***

Myriam Benois : ***Grise Mine.***

René Frégni - Jutta Ash : ***L'étrange Noël de Léa.***

Florence et Patrick Lanéelle – Livre-disque : ***Djamil, le crocodile qui perdit ses dents.***

Marie Clauwaert et Éva Schlunke : ***Xal, le lézard, donne sa langue au sorcier.***

Sagault - Jutta Ash : ***Le gros petit loup.***

Marie-Pierre Aiello : ***Olympe, une graine, un bébé, ou l'histoire d'une naissance médicalement assistée.***

Collection Globe

Marie-Pierre Aiello et Olivier Bauza - Livre-disque : ***Les chants kanak du papayer.***

Rencontres avec des auteurs,
points de vue de libraires, de lecteurs...
découvrez nos ouvrages avec
nos livrets interactifs sur :
parolesautourdunlivre.com

Groupe AlterMondo 83500 La Seyne-sur-Mer
Courriel : contact@editions-parole.net
Suivi commande : commande@editions-parole.net
www.editions-parole.net

ISSN : 2101-3438
ISBN : 978-2-37586-046-5
Dépôt légal
1re édition : janvier 2020

Illustration de 1re de couverture : Isabelle RocheMars
isabelle.rochemars.free.fr

Maquette et mise en page : &com

Imprimé et façonné par Sepec Numérique en France
N° d'imprimeur : N21814191225